벌거숭이들

김태용 장편소설

벌거숭이들

초판 1쇄 발행 2014년 12월 22일
초판 2쇄 발행 2016년 1월 29일

지은이 김태용
펴낸이 주일우
펴낸곳 ㈜문학과지성사
등록번호 제1993-000098호
주소 04034 서울 마포구 잔다리로7길 18(서교동 377-20)
전화 02) 338-7224
팩스 02) 323-4180(편집) / 02) 338-7221(영업)
전자우편 moonji@moonji.com
홈페이지 www.moonji.com

ISBN 978-89-320-2678-7 03810

벌거숭이들

김태용
장편소설

문학과지성사
2014

차례

"나를 읽지 마세요."

— 모리스 블랑쇼

"나를 밀지 마세요."

— 잔느 드뉘망

1부
등장

1

무엇이 우리를 발가벗겼는가.

혹한의 겨울. 냉철한 이성이 냉혹한 현실에 몸을 허락하고 말았다. 창밖에 눈이 내리고 있다. 눈의 크기는 비슷하고 내리는 속도도 일정하다. 언제부터 눈이 내리기 시작했을까. 멈추지 않고. 언제 눈이 멈춘 적이 있었나. 눈이 아닐지도 모른다. 눈을 닮은 모형. 모조. 허깨비. 곡두. 또 뭐가 좋겠는가. 아무래도 좋은 것이다. 눈이 내리고 있으니. 눈이 내리고 있다니. 어떻게 눈이 내릴 수 있단 말인가. 지금 우리가 보는 것이, 눈을 흉내 내며 눈을 모독하는 가짜에 불과하더라도. 만져보고 싶다. 손이 녹아 사라져도. 입에 담아 천천히 녹이고 싶다. 혀끝을 녹이는 차가운 빛이라고 해도. 눈을 맞으며 뒹굴고 싶다. 벌거벗은 몸으로.

2

그는 자신을 위대하게 만든 수식의 오류를 뒤늦게 발견한 수학자처럼 창에 이마를 대고 있다. 창밖의 낡은 건물이 드문드문 보인다. 그렇게 보인다. 건물은 눈에 덮여 있고, 그것은 곧 녹아내릴 것만 같다. 그렇게 믿고 있다. 믿어야 한다. 믿는다. 녹아내린다면. 그의 눈은 젖어 있다. 눈이 자주 젖는다. 그는 이곳으로 왔다. 왔는가. 그는 여기에 있다. 있는가. 지금은 그렇다. 그가 보는 것은 눈이지만 그의 시선은 눈 너머에 가 있다. 창이 열리지 않는다. 그렇다면 이 창은 창이라고 할 수 있을까. 의자를 들어 창에 던지는 장면을 본 적이 있던가. 창은 깨지지 않고 의자 다리가 부러질 것이다. 부러진 의자 다리를 보며 그의 눈은 다시 젖어들어갈 것이다.

천장에 달린 환기구를 통해 방 안의 공기는 적절히, 과연 적절하다는 것은 무엇인가, 유지되고 있다. 그렇게 믿자 믿을 수 없을 정도로 방 안의 공기가 탁하게 느껴진다. 환기구를 통해 먼지들이 방 안으로 쏟아져 내리고 있는 것이 보인다. 그동안 그는 왜 그것을 보지 못했는가. 환기구는 그의 손이 닿을 수 없는 곳에 있다. 올려다보면 아찔한 높이에서 아래를 내려다보는 것만 같은 현기증이 일어난다. 계속 느껴보고 싶은 현기증이다. 이곳의 장점은, 그러니까 이 방을 택한 이유는 높은 천장 때문이었다.

너무 높지 않나요?

목소리가 들렸는데, 그렇다, 그는 혼자 있는 것이 아니다. 어떤 목소리와 함께 있다. 목소리가 들리지 않을 때 그는 생각하고, 그가 생각할 때 목소리가 다시 들린다. 목소리의 형체. 형체의 목소리. 그것은 아주 단순한 구조와 기능을 가진, 어떤 장치다. 그는 장치에 속해 있고, 속고 있다. 장치는 곧 그녀로 불릴 것이다. 여기 있는 동안 그가 그로 불리는 것처럼. 그가 그녀에게 장치의 기능을 하는 것처럼. 그런 적은 없다. 그는 그녀에게 장치가 될 수 없고, 그녀를 그라는 장치에 속하게 만들 수 없고, 그러니 속일 수도 없다. 그는 목소리를 무시하고 천장을 올려다보았다. 높아서 좋은 것은 천장이고, 인간이라면 높은 곳을 올려다볼 수 있는 곳에 있어야 한다. 그는 자신의 생각에 밑줄을 그을 뿐 목소리의 주인을 쳐다볼 생각은 하지 않았다.

우리에겐 이제 올려다볼 수 있는 천장이 있다. 자, 이제 옷을 벗을 준비를 하자. 벗지 말고 준비를 하는 거야. 목소리의 주인은 이미 옷을 벗고 있었다. 그는 고개를 흔든다. 아주 먼 과거의 풍경을 다시 본 것처럼 진저리를 친다.

의자를 밟고 올라서도 그의 손은 환기구에 닿지 않을 것이다. 저것이 나를 괴롭힐 줄이야. 주변의 모든 것이 나를 괴롭히지만 저것까지 나를 괴롭힐 줄이야. 곤란하다. 곤란해. 괴롭혀짐 속에 언제까지 나를 매달아놓아야 하는가. 그는 생각할 것이다. 생각의 진전 속에서 허우적대다가 의자에서 떨어질 것이고, 덩달아 의자 다리도 부러질 것이다. 생각을 차단하듯 의도적으로 기침을 시도해본다. 기침 소리는 들리지 않는다. 목에 걸린 기침이 그를 더욱 침울하게 만든다. 이제 기침마저 입 밖으로 나오지 않는 것인가. 오로지 숨을 내쉬는 것으로 기능하는 입. 창에 닿는 입김을 창에 불어본다. 창이 아닌 창밖으로. 눈이 녹는다. 혀끝이 차갑다. 그렇게 다시 감각이라는 것을 믿어본다. 아무것도 내버려둘 수 없고, 어떤 것도 내버려두고 싶구나. 손쓸 수 없는 몸. 이런 말을 들어본 적이 있던가.

내가 어떻게 해도 당신은 이미 손쓸 수 없는 몸이 되었어요.

그는 한 번도 그런 말을 해본 적도, 들어본 적도 없었다. 손쓸 수 없는 몸으로 쉼 없이 움직일 수 있을까. 움직임이 손쓸 수 없는 몸을 증명할 수는 없을까. 과도한 집중력과 인내심으로. 그러니까 가능한 모든 힘으로. 기능적으로. 어딘가를 바라보며. 무엇을 향해. 여기서. 움직이지 않고.

머릿속에 가득한 노란 구름을 몰아내듯 이마로 창을 문지른다. 냉기가 이마를 타고 흘러내려가야 하는데 그렇지 않다. 이제 그의 이마는 좀더 미지근해졌을 것이다. 눈에 녹아도 아깝지 않은 이마다.

아직도 뜨거워요.

묻는 것일까. 자신이 그렇다는 것일까. 먼지 가득한 환기구 속에 머리를 처박고 말하는 듯한, 높고 낮음이 없는 음성. 그는 뒤를 돌아보지 않는다. 온몸에 한기가 느껴진다. 한 번의 물음으로 온몸의 열이 오르거나 내릴 수 있을까. 손쓸 수 없는 몸을 소유한 그를 자주, 드물게, 지치지 않고, 괴롭히는 것, 다름 아닌 목소리가 들린 것이다. 그 목소리는 얼마나 입 밖으로 뻗어 나오려고 애를 썼을까. 채 구 분도 견디지 못하고 목소리가 다시 나온 것이다.

그는 구 분 전의 목소리를 기억하지 못한다. 다만 구 분 전 목소리에서는 손이 얼어붙는 냄새가 났다. 분명하다. 아닐 까닭이 없다. 그 목소리, 목소리가 풍기는 냄새를 좇아 그는 유년의 어느 시간으로 거슬러 올라갔다. 눈 속에 손이 파묻혀 있었다. 얼어붙은 손. 한때 그 손으로 눈덩이를 뭉쳐 바둑돌 같은 눈을 빛내고 있던 흰 개에게 던졌다. 그런 기억이 있던가. 아무렇지도 않게. 손바닥을 뒤집어도 손바닥이었다.

이름을 바꿔도 너는 같은 꿈을 꾸게 될 것이다.

누군가 그의 이마를 톡톡 치며 말한다. 이마 속에서 딱딱한 견과류가 갈라지는 소리가 난다. 그만해요. 그만둘 수가 없구나. 그만해요. 그만둘 수가 없어. 그럼 내가 돌아가는 수밖에. 그는 서둘러 돌아왔다.

부스럭거리는 소리가 들린다. 그녀가 움직이려는 것이다. 다가오려는 것이다. 무엇을 하려고. 손으로 그의 이마를 짚어주려고 하는가. 아직 멀었다. 그의 이마는 너무 멀다. 그녀의 손은 너무 멀다. 그와 그녀 사이에는 다리 하나가 부러진 의자가 놓여 있다. 더 이상 손쓸 수 없는 의자다. 이곳에서 할 일이 있다면 의자 다리를 고쳐놓는 것이다. 손쓸 수 없는 몸으로, 손쓸 수 없는 의자를 고치는 것이다. 그는 의자 다리를 고치는 자신의 모습을 떠올려보았다. 이런 상상은 아주 잠시 동안 그를 들뜨게 만든다. 기능할 수 있는 몸이 있다는 것. 정신의 신호로 팔다리가 움직인다는 것. 그것은 아주 황홀한 일인거야. 이 시간은 그리 오래가지 않는다. 상상의 대가로는 언제나 고통이 따른다. 다시 말하고 다시 들린다.

아직도 뜨거워요.

그는 여전히 뒤돌아보지 않는다. 그녀의 시선에 갇혀 등을 보인 채 주저하고 있다. 말해야 하나요. 그가 묻는 동시에 묻지 않는다. 내가 여기 계속 머물기를 바라나요. 머물면서 움직이기를. 왜 그의 혀끝에는 그녀의 목소리가 맴돌고 있는가. 조금만 더 관대해지자. 무엇을 위해서. 그가 회수하지 못한 이름과 목소리. 무엇을 위해서도 아닌. 걸러낼 수 없는 기억이 있다. 그 기억을 덮어두기 위해. 계속 침묵하시오. 생각하는 것처럼 보이게 만드시오. 아직도 여전히 뜨거운 것처럼 움직이지 말고 행동하시오.

3

창에 낀 성에 같은 저 표정. 입만 열면 상대의 귓가에 고드름을 열리게 만드는 목소리. 잘못된 문장에 구멍을 뚫어놓은 것만 같은 눈. 무딘 칼날로 깎아놓은 듯한 콧대. 상대방을 설득시키기 위해 주름을 만들어본 적이 없을 것만 같은 입술. 그 입술이 열리기 전에 시선을 돌려야 하리라. 검고 긴 머리카락. 손을 대면 금방이라도 바스러질 것처럼 푸석푸석해 보인다. 실오라기가 유두에 달라붙어 있다. 시선의 정지. 더 많은 시선을 요구하는 짓무른 기다림. 자줏빛 유두가 눈처럼 우리를 뚫어지게 쳐다보고 있다. 우리는 저 유두를 빨아본 적이 있다. 유두를 어느 정도 빨고 나면 시큼한 액체가 찔끔찔끔 혀를 타고 넘어오는 것이 느껴진다. 최후의 한 방울까지 우리는 남김없이 빨아들인다. 발가락이 구부러졌다 펴지지 않는다. 입술이 두꺼워진다. 그제야 우리는 유두에서 입을 떼고 물러서는 것이다. 그렇게 그녀의 먹이가 된다. 그녀는 아무에게나 자신의 유두를 빨게 만들었다. 그녀의 허리와 목이 좀더 길고 유연하다면 몸을 웅크리고 고개를 숙여 자신의 유두를 빨 것이다. 왜 그녀는 누군가의 입에다 유두를 물리지 않고는 못 견디는가. 오로지 자신이 할 일은, 하기 싫어도 할 수밖에 없는 일은, 그것밖에 없다는 듯 심드렁한 표정을 감추지 않으려 애쓰면서 말이다. 우리가 그녀의 유두를 물고 있을 때 그녀의 손은 우리의 이마가 아니라 허공을 짚고 있었다. 오래전부터 그녀는 다리를 옆으로 모은 채 손으로 가리고 있다. 이제 부끄러워하지 않아도 좋을 그곳을. 그녀의 오른쪽 세번째 손가락이 안으로 구부러져 있다. 우리의 시선은 다시 점진적으로 이동한다. 그녀의 손이 가리키는 방향을 봐라. 앙상하게 마른 손이 가리면서, 가리키면서 마치 자신이 무언가 감출 수 있는 게 있는 사람이라고 증명하고 있는 것만 같다. 내가 가리키는 곳에서 당신은 나를 보고 있었어야 해요. 유혹 없는 목소리. 이미 지나간 일이다. 그런 말을 할 수 있는 여자가 아니다. 가르친다고 되는 일도 아니고. 누가 그녀의 손가락 끝 따위에 관심이나 있겠는가. 누군가 손을 잡고 손을 치워주기를 바라고 있는가. 손을 치우면 그녀의 것이 아닌 다른 것이 달려 있는지 모른다. 다른 것이 달려 있다고 해서 그녀가 달라질 수 있을까. 달라진다면 얼마나 달라지겠는가. 우리는 이미 그것을 보고 말았는데. 빨았고, 지쳤다. 그녀의 얼굴이 신경질적으로 노랗다. 그녀를 뜯고 얼굴을 뜯고 신경질을 뜯고 우리는 노랗게 들어가야 한다. 노랗게. 더 노랗게 들어가야 한다. 들어가 그녀가 되어야 한다. 사랑하는 우리의. 멀리서 눈이 녹는 소리가 들려온다. 들려오지 않는다. 우리는 그곳에서 다시 쪼그라들고 말리라. 그녀의 유두에 실오라기가 달라붙어 있다.

4

아직 눈이 내리기 전이다. 어쩌면 눈이 내리고 난 뒤 다음 눈을 기다리는 동안의 일인지도 모른다. 이쯤 되면 시작부터 눈이 중요하지 않다는 것을 알게 될 것이다. 그래도 누군가 눈을 바라고 있다면. 그것이 유일한 가능성이라면. 눈이 내리는 것으로 이어가기를 바란다면 눈이 내리고 있다고 하자. 허락함. 허락된 눈. 눈이 내리고 있다. 여전히. 지칠 틈도 없이. 눈이 허락한 모든 것.

눈 위에서, 얼어붙은 손을 녹인 뒤 그는 열쇠 구멍에 열쇠를 넣어 돌리고 있었다. 열리지 않았다. 열쇠를 잡고 흔들었다. 너무 힘을 준 나머지 열쇠가 부러지고 말았다. 그 순간 안에서 문이 열렸고 무언가 그를 잡아 끌어당겼다. 그리고 여전히 그는 어떤 힘에 의해 계속 끌려다니고 있다. 몸이 바닥에 끌릴 때마다 나무 바닥에서 소리가 났다. 소리가 바닥에서 빠져나가 바닥으로 다시 들어간다. 그사이 소리가 잠시 그의 몸에 머문다. 머물면서 그를 부풀어 오르게 한다. 부풀어 올라 굳힌다. 소리에 굳혀진다. 소리에 굳혀진 몸이 말한다.

나는 말하지 않아요. 나는 말하지 않는다고 말하지 않아요.

나는 그때 여기 없었어요.

너는 그때 여기 없었고 지금 있다. 지금 있지 않은 것은 말하지 않는 너이다.

내가 지금 말하고 있나요.

말하지 않고 움직이고 있다. 움직이지 않고 끌려다니고 있다.

끌려다니고 있어요.

지금 끌려다니면서 말하지 않는 것은 네가 아니라 너의 목소리다.

열쇠의 반은 열쇠 구멍에 꽂혀 있다. 열쇠를 빼기 위해서는 문을 바꿔야 한다. 문을 바꾸기 위해서는 무대를 바꿔야 한다. 무대를 바꾸기 위해서는 목소리를 바꿔야 한다. 목소리를 바꾸기 위해서는 이름을 바꿔야 한다. 불리지 않는 이름. 이름을 바꿔도 같은 꿈을 꾸게 될 것이다. 꿈에서 무대의 결이 벗겨지는 소리를 들었다. 듣는 것은 우리. 돌아눕는 것은 그. 말하는 것은 그녀. 이제 등장해도 좋나요. 아직 멀었다. 어디서 손이 얼어붙는 냄새가 난다. 이곳을 뭐라고 불러야 할까. 입이 있는 자들은 왜 입을 사용하지 않는가. 사용하지 않는 입은 왜 퇴화되지 않는가. 얼마나 더 긴 시간을 기다려야 할까. 아직 기다리지 않고 있다.

누군가 이곳은 마치 거기 같군,이라고 말한다면, 우리는 맞아, 거기 같아,라고 대답하거나 긍정의 몸짓을 할 것이다. 누구도 이곳에 비유할 만한 것을 찾지 못하고 있다. 찾을 수 없는 것인가. 찾고 있는가. 우리가 여기 머물러 있는 것은 그것을 찾기 위함이 아니더라도, 결국 그것을 찾기 위해 여기 머물러 있었다고 받아들여야 할 것이다.

모든 것이 이곳을 설명하기 위한 규칙과 오류에 불과하다. 우리의 시선. 시선을 쪼개는 응시. 목소리. 목소리를 파열시키는 억양. 움직임. 다음. 깜빡임. 다음. 침묵. 다음. 웅크림. 다음. 앙갚음. 관용. 형용. 허용. 괄호. 마침표. 다음. 주인을 잃고 헤매다 동사로 추락하고 마는 주어들. 모든 것이 이곳을 드러내고 있다. 있지 않은가. 우리는 곧 이곳의 일부이고 이곳이 곧 우리다. 얼마나 편한가. 우리가 우리의 머리 위를 쳐다볼 수 없듯 우리에게는 이곳을 차지할 공간 적응, 공간 저항 능력이 부족하다. 얼마나 불편한가. 발음기호를 위반할 더 많은 철자를 다오. 아직 막이 오르려면 멀었다.

5

기록을 위한 외침. 날짜를 적을 것. 시간을 적을 것. 그날, 그 시간. 여자의 손이 나의 엉덩이 사이로 들어왔다. 그렇게 썼다고 기억한다. 그는. 잠들기 전 하루 동안 자신이 겪어야만 했던 일들과 머릿속에서 무차별적으로 피어오르는 상념의 덩어리들을 공책에 세세하게 적어놓고 다음 날 그것을 다시 읽고 고치면서 하루를 보냈다. 단어의 이름과 울림. 문장의 길이와 리듬. 전날 쓴 것이 남들이 말하는 일기였다면, 다음 날 그는 일기를 허구의 기록으로 바꿔놓았다. 심지어 사람 이름과 그들의 말, 행동을 바꾸고 뒤섞어놓기도 했다. 사실이 무엇인지 몰랐다. 사실이 있다면 머릿속에서 사실이 발가벗겨지는 순간, 아주 짧은, 너무 짧아서 그 순간에 목을 매달고 싶은, 이제는 기억할 수 없는, 그래서 사실이라고 믿게 되는 순간이라고 말해야 할 것이다.

발가벗겨진 사실이 다리를 오므린 채 자신을 능욕할 문장을 기다리고 있었다. 오로지 사실을 위반하며 사실을 재조립하는 순간만이 간헐적으로 숨을 내뱉고 있는 그를 증명할 뿐이었다. 누군가 그 공책을 발견한다면 지금의 그와는 다른 인간으로 받아들일 것이다. 추측하고 상상할 것이다. 그럴 일은 없을 것이다. 이곳에 오기 전 공책을 아무도 모르는 곳에 감춰두었으니까. 이곳에서 나갈 수 있다면, 왜 이곳에서 나가려 하지 않을까, 먼저 공책을 감춰둔 곳으로 갈 것이다. 가서 공책이 무사히 잘 있다면 안심하고 다시 이곳으로 돌아올 것이고, 공책이 사라졌다면 실의에 빠져 다시 이곳으로 돌아올 것이다. 공책이 감춰진 장소는 어디인가. 과연 그는 그 공책이 아직도 있다고 믿는가.

그때는 왜 문장이 없으면 살 수 없다고 생각했을까. 목소리를 언어로 옮길 수 있다고 착각했을까. 내가 처음 쓴 문장은 무엇이었을까. 기억나지 않는다. 이것이 첫 문장이다. 다음 문장은 이렇다. 기억해야 한다. 기억하지 말았어야 했다. 공책에 쓴 마지막 문장이다. 거짓말이다. 그가 제대로 기억하고 있는 것은 아무것도 없다. 언제나 날짜로 시작해서 시간으로 끝났다. 언제 기록이 시작되고 끝이 나는지도 잊었다.

다시 돌아온 그. 이곳에 오기 전의 일이다. 이곳에 대해서라면 앞서 충분한 방식으로 불충분하게 설명했다. 또다시 이곳에 대한 언어적 도전에 실패한 것이다. 다시 기회가 있을 것이다. 호시탐탐 기회를 노려야겠지. 기회를 노리는 순간에도 이곳을 설명하는 꼴이 된다 해도. 시간이 호흡을 가다듬는 사이 문장을 때려 박아야겠지. 그 어떤 사건도 문장의 못을 빼내지 못할 것이다. 공책 없이도 그는 머릿속에 문장을 새길 수 있다. 이곳의 유일한 장점은 그게 가능하다는 것이다. 다시 그렇다.

미로처럼 열린 문장과 문장 사이를 거슬러 가자. 발목이 삐고, 무릎이 까지도록 넘어지면서 가자. 거기 그렇게 여자는 그를 기다리며 정지한 채 여전히 머물러 있다. 굳어가는 문장처럼. 석고의 문장. 석고가 마르기 전 문장을 더 붙이고 깎아야 할 것이다.

그녀의 손이 그의 엉덩이 사이로 들어왔다. 그는 그녀의 손을 거부하지 않았다. 잠이 들었던가. 잠이 들었겠지. 그녀의 손을 거부하지 않았으니. 그때를 떠올리면 지금도 뭔가 꺼림칙한 기분을 지울 수가 없다. 사포로 엉덩이 사이를 문지르듯 그녀의 손이 들락날락하다 그의 음경을 움켜잡았다. 어떻게 하면 이 덜 익어 떫디떫은 열매를 따먹을 수 있을까, 하고 탐을 내듯 어루만졌다. 만져주었다. 만질 때마다 짧고 가느다란 가시들이 뇌 속에 촘촘히 박히는 것만 같았다. 그는.

어둠 속이었다. 그는 완전한 암흑이 아니면 잠을 잘 수 없는 인간이다. 그러니 항상 황혼의 빛이 스며들고 있는 이곳에서는 제대로 잠들어본 적이 없는 것이다. 모든 사물이 수면을 유도하는 형태로 놓여 있고 어디선가 끊임없이 신경을 이완시키는 반복적인 멜로디가 들려오지만 그럴수록 그의 의식은 축축하게 젖은 상태에서 눈을 감지 못하고 있다. 어둠 속에서 눈을 뜬 채로 다시 눈을 떴다. 옅은 호흡과 시트가 바스락거리는 소리가 들렸다. 눈을 떠 어둠의 초점을 맞췄다. 다행히 아직 밤이었다. 그는 놀라지 말아야 했다. 이런 일은 종종 꿈속에서 겪지 않았는가. 꿈에 지지 않기 위해서는 꿈에서 벌어지는, 심지어 그것이 꿈이 아닐지라도, 꿈을 닮은 모든 일에 대해서 무심해지고 무반응을 보여야 하는 것이다.

마지막으로 꾼 꿈은 무엇이었을까. 기억나지 않는다. 기억을 한다고 해도 기억하는 순간 그가 꾼 꿈은 왜곡될 것이다. 그 왜곡을 남몰래 흠모해, 꿈을 기록한 적도 있지만 지난 일일 뿐이다. 꿈을 기록하려 하다니. 이곳에서의 시간이 누군가 꾸는 악몽이고, 그가 악몽의 등장인물이라고 해도 자신이 누군가의 기록에서 과감히 삭제될 것임을 믿는다. 바란다. 모든 것이 꿈이었다. 그렇다면 영원히 막이 올라가지 않고, 등장하지 못하게 막이 올라가지 말아야 한다. 이런 사기극에 속지 마라. 어둠이 풀어놓은 그물에 걸려들지 마라.

팔을 뻗으면 터치 스탠드가 있기에 손을 저었지만 아무것도 닿는 것이 없었다. 몇 번 손을 저었지만 소용없었다. 누가 그의 손이 닿지 않은 곳으로 스탠드를 저만치 치워놓았는가. 아니 손만 뻗으면 닿는 곳에 있는 스탠드는 손이 다가가면 손을 피해 왜 어둠 속으로 물러서는가. 짓무른 광선. 방 안의 어둠을 밝힐 수 있는 유일한 빛. 그의 일그러진 태양이 사라졌다. 태양이 사라졌다는 것을 스스로에게 증명하기 위해 암흑 속에서 그는 한없이 손을 내저을 수밖에 없었다.

어둠이 풀어놓은 그물에 걸리듯 결국 그가 잡은 것은 그녀의 가슴이었다. 그 물컹물컹한 살덩이가 그의 손을 유혹한 것이다. 그의 의지와 무관하게 손에 힘이 들어갔다. 어둠 속에서. 태양을 잃어버리고. 깨진 수면의 단면에 눈을 베인 채, 잠든 염소 몰래 염소젖을 훔쳐 먹으려 염소 다리 사이에 눕듯 몸을 구부린 채, 염소가 깨 앞발로 얼굴을 짓이겨주기를 바라는 마음도 차츰 느껴가면서, 그녀의 가슴을 쥐고 있었다.

그녀 역시 그의 음경을 움켜잡고 있었다. 좀더 세게 움켜잡았으면 했지만, 이렇게 잡고 있는 것만으로도 감사하라는 듯 잡고 있었다. 그녀와 그는 그렇게 상대방에게 자신의 거추장스러운 신체 부위를 내맡기면서 동시에 상대방의 볼품없는 신체 부위를 잡은 채 창백한 암흑 속에서 서로를 응시하고 있었다. 그의 뇌 속에 돋아난 가시가 후텁지근한 공기의 흐름에 흔들리고 있었다. 그녀의 뇌 속에도 가시가 박혀 있을까. 흔들리고 있을까. 왜 이다지도 시간이 흐르지 않는단 말인가. 서로의 신경질 속으로 스며들기에는 시간이 너무나 길었다. 모든 것을 빨리 끝내고 싶은 성급함이 그녀와 그를 좀더 가깝게 만들었을지도 모르는데. 손에 땀이 차는 정도. 입속의 혀가 마르는 정도. 다리가 서서히 오므려지는 정도.

불을 켤까요?

목소리. 목소리. 아, 목소리 냄새.
목구멍 속으로 노란 구름이 지나간다.

6

목구멍 속으로 노란 구름이 지나가게 만드는 목소리. 목구멍 속으로 노란 구름이 지나갔다는 과장으로, 속임수로 기억되는 목소리였다. 이런 어설픈 노림수로 시간을 농락하다니. 목구멍 속이 아닌 목구멍을 뚫고 노란 구름이 지나간다고 기억해야 옳은 것이 아닌가. 기억은 그렇다고 치고 기록은 그렇게 되어야 하는 것이 아닌가. 목구멍을 뚫고 노란 구름이 지나갔다. 그런 목소리. 떠올리기만 해도, 뇌가 찌그러질 수 있다면, 뇌가 찌그러지는 듯한.

그렇다면 노란 구름은 이렇게 내버려둬도 좋은가. 노란 구름이 지나가는 것을 오랫동안 목격한 적이 있다고 해도. 여전히 노란 구름이 머리 위를 짓누르며 정신의 주파수를 교란시키고 있다고 해도.

단 하나의 문장도 건너뛰지 못하는. 이 증식하는 언어의 다발들을 위하여. 더 많은 철자의 잡음이 필요하다. 순식간에 등장인물들이 등장하기 전에. 문장이 문장 속으로 스며들도록. 문장이 문장의 틈을 벌려 찢어 비집고 들어가 몸을 바꾸도록.

기억이 망각의 꼬리를 어떻게 물고 늘어지는가를.

그는 목이라 짐작되는 곳을 어루만진다. 이것이 목, 모가지란 말인가. 타인의 목처럼 손에 걸리는 서늘함. 목구멍 속은 어떻게 들여다볼 수 있지. 목구멍에 구멍을 뚫을 수 있다면. 오래전부터의 바람이다. 맹목적이고 독보적인 노란 구름으로 가득 찬 세계에 휩싸였을 때부터. 아니 다시. 노란 구름은 노란 버섯이라 하자. 맹목적이고 독보적인 노란 버섯으로 가득 찬 세계로 던져졌을 때부터.

그는 목구멍에 뚫린 구멍 속에 담배를 끼워 넣고 피우는 사람이 되고 싶었다고 한다. 그가 남자와 닮고 싶은 것은 그것뿐이었다. 남자가 이렇게 갑작스럽게 등장하다니. 남자는 여자의 기억이 멈추는 지점에서 서서히 걸어 나와야 할 것이다. 남자의 등장으로 이야기는 얼마나 허약하고 허술해질 것인가. 무대의 구름판이 무너질 것인가. 허약하고 허술한 이야기의 구름판을 위하여. 견고한 기억의 껍질을 까대면서. 남자를 불러야 할 것이다.

남자란 참을성이 없는 동물이다. 여자의 목소리가 다시 들린다. 그가 문에 귀를 대고 있을 때, 보다 정확히 말한다면 열쇠 구멍으로 방 안을 들여다보고 있을 때, 보이지 않는 것을 보는 것처럼, 소리를 환영으로 되돌려 보고 있을 때, 여자는, 곧 죽을 것처럼 몸을 늘어뜨리고 있는 남자의 배에 올라타 자신을 제발 이렇게 내버려두지 말라는 듯 허리를 뒤틀며 당신이란 남자는 참을성이 없는 동물이야,라고 소리를 질렀다. 문틈에 손가락이 끼듯 여자의 목소리를 찢고 남자가 출현한다. 그러니 또다시 남자가 갑작스럽게 등장하지 않으면 무슨 소용이란 말인가. 이렇게 불쑥 튀어나오는 것이 남자의 역할이 아닌가.

뒤늦게 나타나 서둘러 떠난 남자의 이름에는 구멍이 뚫려 있다.

남자는 목구멍 담배를 피웠다. 그것 말고는 남자에 관한 모든 것을 경멸했다. 점점 하얗게 변해가는 안구와 검버섯으로 뒤덮인 누런 얼굴. 뭐, 다 그런 거 아니겠어,라는 말로 자신을 감추기 위해 발악하는 남자의 말투. 고양이 오줌 냄새 같은 남자의 향수. 여자는 왜 밤낮으로 살충제를 살포하듯 남자의 몸에 그 향수를 뿌려댔을까. 뭐, 다 그런 거 아니겠어,라는 말을 할 때마다 허공에 손을 휘젓는 남자의 습관. 휠체어에 앉아 바지에 조금씩 오줌을 지리면서 앞으로 갔다 뒤로 갔다를 반복하는. 한 번도 본 적이 없지만 상상 속에서도, 뭐 저런 게 다 있어, 어떻게 저걸 바지 속에 감추고 바지에 오줌을 조금씩 지리며 휠체어에 앉아 있는 거지,라고 말하게 만들 만한 남자의 성나고 짓무른 음경.

남자는 목구멍 담배를 피웠다. 목구멍으로 담배를 피우다니. 어떻게 그게 가능하단 말이지. 담배는 입으로 피우는 걸로만 알았다. 물론 이후에, 차마 말로 다 설명할 수 없는 신체의 다양한 구멍을 통해 담배를 피울 수 있다는 것을 알게 됐지만. 말로 설명할 수 없음에 인간이 더 자극을 받고 흔들린다는 것도 잘 알고 있다. 그렇지. 신체의 구멍이라는 것이 뻔하지 않은가. 인간들은 자신들의 독보적인 구멍 속에 담배를 끼워 넣고 피운다. 피워주기를 바란다. 그러기 위해서는 먼저 벗어야 한다. 모두가 그렇게 쪼그라드는 것이다. 담배 연기가 입을 통해 목구멍으로 내려간다는 것을 처음 안 사람처럼 목구멍 담배를 유심히 지켜보았다. 남자가 목구멍 담배를 피우지 않으면 조바심을 내며 어서 피우기를 기다렸다. 그의 기다림을 눈치채기라도 한 듯 남자는 그를 기다림에 지쳐 나가떨어지게 만들 것처럼 잊어버릴 만하면 목구멍 담배를 피웠다.

하늘에는 노란 구름이 지나가고

지상에는 노란 버섯이 자라나고

그로 말할 것 같으면 어릴 적부터 앓고 있던 목병이 문제가 되었다. 담배를 한 개비 피우면 하루 종일 기침을 해야 했다. 인간이 죽는다는 것을 처음 인식하고부터는 죽기 위해 담배를 피우면 된다는 생각이 들어 힘들이지 않고 삶을 내버려둘 수 있었다. 언제든 죽을 수 있다. 죽을 때까지 기침을 하면서. 죽기 전까지는 기침이 멈추지 않을 것이다. 입을 다물고 싶어도 기침 때문에 입이 저절로 열린다.

이것이 남자와 그의 유일한 관계일 것이다. 에피소드라고 불러도 좋을. 에피소드가 어떻게 몸을 부풀렸다 꺼져버리는지를. 꺼져버렸다가 다시 맥없이 부풀어지는가를. 지켜봐야 할 것이다. 기침과 가래가 뒤섞인 문장이 남자의 걸음걸이를 흉내 내게 만든다. 태양이 사라져버린. 노란 버섯이 피어오르는. 다양한 호칭으로 그의 입을 더럽히게 만드는 남자의 뻔뻔함에 대하여. 뻔뻔함의 이름으로 남자는 다시 등장할 것이다.

목병은 유전이라던데.

언젠가 여자가 말했다. 여자의 목소리는 비만하게 갈라져 있었다. 여자의 말은 믿을 수가 없다. 그의 기억 속에서 문장을 더듬어 여자의 목소리를 좇아, 억양을 흉내 내면서, 여자를 모르는, 듣지 못하는, 그녀가 입을 벌린다. 다시 그녀의 목소리가 들린다. 그녀의 목소리는 신경질적으로 갈라져 있다.

불을 켤까요?

어둠 속에서. 태양은 그녀의 손에 쥐였는가. 그는 그녀의 유두를 입으로 가져가는 것으로 대답을 대신했다. 왜 갑자기 그녀는 그에게 존댓말을 했던 것일까. 그때는 미처 그런 생각을 하지 못했다. 그녀의 딱딱하게 곤두선 유두에 치아를 갈아대며, 자신의 입에서 풍기는 비릿함을 찔끔찔끔 들이켜며, 이럴 줄 알았다면 밤에 우유를 먹고 잠드는 것이 아니었는데 하고 뒤늦게 후회를 할 뿐이었다. 밤에 우유를 먹는 것은 그의 오래된 습관이다. 우유를 먹고 잠들면 아침에 아랫배의 통증을 느끼며 깨어날 수 있어 좋았다. 통증으로 인해 죽지 않고 다시 깨어났구나, 하는 실망과 안도의 하품을 하면서 육체를 다시금 깨울 수 있는 것이다.

이곳에서는 잠들 기 전 우유를 먹을 수 없기에, 어떤 날에는 환청처럼 염소 울음소리인지 염소젖을 빠는 소리인지 모를 소리들이 들려오기도 하는데, 잠을 제대로 잘 수도 없지만, 잠이 들었다가 일어나면 아무런 신체적 통증도 느낄 수 없기에 죽어 있는지 살아 있는지 알 수 없어 자신의 존재를 실감할 수 없는 것이다. 그러니 한없이 눈이 내리는 창에 이마를 대는 것으로 영원한 황혼의 공간 속에서 하루를 시작하고 마감할 수 밖에 없지 않은가. 딱히 언제 하루가 시작되고 하루가 마감되는지 알 수 없지만 말이다.

번번이 일기를 쓰다가 어떤 알 수 없는 우울함에 빠져들어 헤어 나오지 못할 때마다, 헤어 나오지 못하는 우울함에 정신을 온전히 빠뜨리고 싶은 생각에, 소금기 가득한 우울함에 정신을 축축하게 절여낼 수 있기를, 접시에 우유를 조금씩 따라 코를 박고 고양이처럼 핥아 먹었다. 그는. 고양이가 우유를 먹는 것을 본 적도 없으면서 이런 말을 하고 있다니. 그가 혀를 내밀고 우유를 핥아먹는 모습을 보면 남자는 어떤 표정을 지을 것인가. 다시 이렇게 말할 수 있을까. 일어났구나. 너는 나의 말없는 유일함이야.

노랑. 노랑. 노랑이.

7

경멸과 모멸 속에서 자신이 애지중지한 노랑이가 사라지자 여자는 한동안 담벼락 위를 걸어 다녔다. 두 팔을 벌려 수평을 잡은 채 한 발 한 발 앞으로 걸어갔다가 다시 뒤로 돌아오기를 반복했다. 넘어질 듯 자빠질 듯 꼬꾸라질 듯하다, 번번이 몸을 바로 세워 그의 기대를 무참히 무너뜨렸다. 어디서부터 걷기 시작했는지 알 수 없지만 처음 발을 내디딘 곳으로 돌아올 때마다 여자의 발걸음은 가벼워지는 것만 같았다. 몸의 무게를 다 덜어내고 가벼움을 참지 못해 추락하려다 날아가버리면 그는 여자를 찾아서 피부가 벗겨지도록 이 세상을 헤매겠다고 마음먹었다. 그 순간만큼 여자를, 자신을 사랑한다고 착각한 적도 없었다.

그는 남자의 휠체어에 앉아 민소매 셔츠를 입은 여자의 겨드랑이를 바라보았다. 고개를 돌려도 자꾸만 그곳으로 시선이 갔다. 한 번도 담벼락 위에 올라가본 적이 없으면서 담벼락 위에 올라가 있을 때만 유일하게 걷는 기쁨을 느낀다는 듯 여자는 걷고 있다. 양팔을 어깨 위로 올린 채. 여자는 겨드랑이 털도 깎지 않고 함부로 겨드랑이를 벌린다. 그는 자신이 도리어 민망해 양손으로 겨드랑이를 감싼다. 상대의 부끄러운 곳과

마주하면 자신의 부끄러운 곳이 떠오르기 마련이다. 언제까지 부끄러워해야만 할까. 여자의 머리 위로 노란 구름이 느리게 흘러가고 있다.

얘, 너도 이리 올라와봐.

여자가 팔을 벌린 채 말한다. 여자란 정말 가벼워질 수 없는 존재다. 여자는 어째서 담벼락으로 올라갔을까. 어떻게 시간을 훌쩍 뛰어넘어 저곳에 올라갔는가. 그리고 언제부터 저기에 담벼락이 있었는가. 담벼락이 있다는 것을 알았다면, 여자가 담벼락으로 올라갈 수 있다는 것을 알았다면, 깨진 유리 조각을 올려뒀을 것이다.

노랑이는 어디로 사라졌는가. 또다시 뭔가를 쫓고 싶어 안달이 났는가. 목구멍 담배를 피우면서. 바지에 오줌을 조금씩 지리면서. 뭐, 다 그런 거 아니겠어,라고 중얼거리며 언제나처럼 떠날 때는, 아니 사라질 때는 뒤를 돌아보는 법 없이. 자연을 모독하고 지상을 조롱하는 노란 구름에 휩싸인 채.

여자는 남자를 노랑이라고 불렀다. 그렇다면 남자는 여자를 뭐라고 부를까. 남자는 여자를 부른 적이 없었다. 팔을 저으면 여자가 다가왔고 팔을 휘저으면 여자가 물러섰다. 그렇다고 여자가 남자의 신호에 즉각적이고 순응적으로 반응한 것은 아니다. 오히려 그 반대인 편이 더 많았다. 나중에는 남자가 아무리 팔을 저어도, 휘저어도 남자가 스스로 포기할 때까지 내버려두었다. 그러면 남자는 분명치 않은 발음으로 아마 이렇게 말했을 것이다. 뭐, 다 그런 거 아니겠어. 남자는 여자의 노랑이가 되어 미지근한 방에 웅크리고 앉아 좀처럼 움직일 생각을 하지 않았다.

방에서 노랑노랑, 소리가 들렸다. 그들이 언제부터 그런 역겨운 호칭으로 서로의 생식기 냄새를 맡으며 얼굴을 비벼댔을까. 어쩌면 노랑이는 남자의 성기를 가리키는 말일지도 모른다. 노랑노랑. 여자가 말할 때마다 노랑이의 노랑이가 커졌다가 줄었다가 커졌다가 영원히 상상할 수도 없는 크기로 줄어들 것이다.

노랑이는 여자의 겨드랑이에 코를 박고 잠을 자곤 했다. 여자도 노랑이의 커다란 궁둥이를 두드리다 서서히 잠이 들었다. 육중한 두 덩이의 물체가 엉겨 붙은 채 땀 냄새를 피우며 잠들어 있었다. 바람 한 겹 불지 않았다. 그의 코밑에는 자주 땀방울이 맺혔다. 여자의 손이 노랑이의 파자마 속으로 슬며시 들어갔다. 뭔가 주물럭거리고 싶지만 주무를 만한 것이 없다는 듯 여자는 노랑이의 파자마 속에 손을 집어넣은 채 주물럭거렸다. 잠이 든, 아마도 잠이 든 척하고 있었을 것이다, 노랑이가 몸을 뒤틀 때마다 비닐 장판이 쩌억쩌억 소리를 냈다. 그 소리 속으로 그의 애매모호한 시선이 말려들어갔다. 눈을 뜨고 있을 때는 어떻게 감기는지 모르고 눈을 감고 있을 때는 어떻게 뜨이는지 몰랐다. 지상의 모든 시선들이 노랑이의 파자마 속에서 꿈틀거렸다. 괘종시계라도 있다면 시계불알이, 어떻게 시계불알이란 표현을 쓸 수 있단 말인가, 한쪽으로만 흔들리거나 초침이 머리 위로 똑똑 떨어졌다고 덧붙여도 좋을 것이다.

문을 열어놓고, 그것이 지상에 남은 자신들의 유일한 것이라는 듯. 시간 앞에서 자꾸만 풀 죽어가는 욕망을 보란 듯이 드러내며. 모든 욕망이 죽음 앞에서 헛되더라도 그것이 아직 쓸 만하다는 것을 증명하기 위해 남자는 노랑이라는 이름으로 그를 다시 찾아왔는가. 죽음을 완성하기 위해. 죽음을 부정하기 위해. 할 수만 있다면 욕망의 비루함을 지속적으로 과장하며. 여자에 이끌려. 여자를 질질 끌고.

남자가 다시 나타났다. 돌아온 것인가. 찾아온 것인가. 아니

한 번도 떠난 적이 없다는 것을 증명하기 위해서. 드디어 또 시작된 것인가. 아마 그는 그렇게 생각하지 않았을 것이다. 그렇게 생각했다면 차라리 불안에 떨었겠지만, 불안은 기대 없이는 완성되지 않는 법이다. 그때 마침 그는 뭔가 읽고 있었다. 어느 순간부터 뭔가 읽지 않으면 불안해서 견딜 수가 없으면서도 뭔가 읽으면 쉽게 피로해지고 우울해져서 뭔가 읽는 것을 열망하는 동시에 두려워하고 있었다. 뭔가 읽고 있을 때마다 외부의 소음과 자극에 독서가 자연스럽게 중단되기를 기다리고 있던 그는 책을 집어던지고 일어났다. 사실은 독서를 방해하는 소음과 빛에 좀더 저항하고 싶었지만 더 이상 읽어 내려갈 수 없는 난잡한 문장에서 달아날 궁리를 하고 있던 것이다.

남자의 책. 남자의 이름으로 더렵혀져 있는 책. 언어들이 닫힌 미로처럼 얽혀 있는, 의미를 파악하려고 할수록 의미 앞에 무릎을 꿇게 만들어놓은, 어설픈 지성과 치졸한 감성으로 꾸며놓은 허구의 책. 거짓이 얄팍한 속임수로 진실을 농락하고 결국 다리를 벌려놓는 것도 모자라 찢어놓고 마는. 철자가 턱턱 목에 걸리는. 읽을수록 벌거벗은 문장이 벌거벗었다는 것을 망각한 채 다시 벌거벗으려 애쓰며. 노란 버섯으로 뒤덮인. 노란 버섯이 전부인. 오로지 노란 버섯처럼 증식하는 언어의 꼬리 물기. 남자는 한 권의 책이었다. 이 문장은 오류다. 억측이다. 불가능한 문장의 전형이다. 책이었다면 그나마 다행이었을 것이다. 그 책은 가짜 대본에 불과했다. 넘길 때마다 없는 언어들이 지시하고 형용하고 요동쳤다.

그는 엎드린 남자의 궁둥이를 짓밟듯 뒤집힌 책을 맨발로 밟고 밖으로 나갔다.

남자는 휠체어에 앉아 있었다. 왔니. 노랑아. 더 노랗게 되어버렸구나. 남자는 그를 보고 있지 않았다. 그의 시선을 애써 피하려고도 하지 않았다. 남자의 시선은 그의 목을 뚫고 어딘가를 향해 있었다. 나의 시선이 닿는 곳에 너는 한 번도 있던 적이 없구나. 남자는 그런 말을 할 수 있는 인간이 아니다. 무엇이 남자를 더 멀리 돌아가게 만들었을까. 그는 남자를 앞에 두고 남자의 시선이 꽂힌 곳을 찾기 위해 뒤를 돌아볼 수 없었다. 뒤를 돌아보면 남자가 무슨 짓을 할지 모른다. 그것이 그에 대한 남자의 유일한 애정 표시라고 해도 말이다.

남자는 나이트가운을 걸치고 있었다. 목에는 어떻게 감을지 몰라 고심하다가 대충 감아놓은 것만 같은 회색 머플러가 감겨 있었다. 여전히 갈색 구두를 신고 있었는데 이전처럼 잘 어울렸다. 구두 위로 마른 발목이 보였다. 양말은 신고 있지 않았다. 역시 남자와 잘 어울렸다. 그것을 보고 남자의 정신이 멀쩡하다는 것을 알았다. 남자는 맨발로 구두를 신는 것을 좋아했다. 자신이 좋아하는 것을 고집하는 것만큼 정신 상태가 그대로인 것을 증명하는 것은 없다. 남자의 변함없이 글러먹은 정신 상태에 안심하며 그는 자신의 퉁퉁한 발을 내려다보았다. 남자는 아직 그의 발을 발견하지 못한 것 같았다. 남자는 영원히 그의 발을 쳐다보지 못할 것이다. 그의 발이 닿아 있는 노란 버섯이 가득한 지상도 내려다보지 않을 것이다.

남자가 그의 목을 조르듯 휠체어 바퀴를 굴려 앞으로 다가오고 있다. 다가오고 있는 상태에 주목하자, 휠체어 바퀴에 진흙이 잔뜩 묻어 있었다. 바퀴가 돌아가자 바닥에 진흙이 뚝뚝 떨어졌다. 어째서 진흙이 묻어 있을까. 진흙 말고 다른 것을 묻힐 순 없었을까. 더 더럽고 더 끈적끈적하고 더 부끄럽게 만드는 것. 그런 게 있다고 해도. 진흙 말고 달리 무엇이 묻을 수 있겠는가. 남자는 어째서 진흙을 뚫고 그 앞에 다시 나타났는가. 그동안 진흙 구덩이에서 헤매다 왔다고, 반가워하지도 않는 그에게 왜 반가워하지 않느냐고 항변이라도 하는 것일까. 그는 진흙 속에 빠져 앞으로도 뒤로도 갈 수 없는 남자의 모습을 떠올린다. 떠올리기도 전에 남자가 진흙 속에서 허우적대는 것이 보인다. 휠체어 바퀴가 진흙에 빠져 있다.

남자는 이런 건 아무것도 아니라는 듯, 누군가 봐주는 사람도 없지만, 자신이 겁쟁이가 아니라는 것을 증명하기 위해, 누군가 봐주기를 은근히 기대하면서, 목뼈가 부러질 정도로 두리번거리며, 그래 봤자 진흙 속에서 진흙의 집을 건축하고 진흙을 먹고 진흙의 똥을 싸다가 먹고 싸는 것에 환멸을 느껴 언제부터 이렇게 진흙 속에 있던 거지,라는 물음을 시작으로 진흙의 사유에 빠져 헤매다, 설령 진흙 속에서 빠져나간다고 해도 진흙 밖으로 나가는 것은 아니다,라고 체념한 뒤 될 대로 되라는 식으로 온몸에 진흙을 발라가며 진흙의 새벽을 맞이하고 진흙의 죽음을 사는 진흙벌레들만 진흙 같은 눈빛을 진흙진흙 던지며 쳐다볼 테지만, 힘주어 휠체어 바퀴를 앞뒤로 굴려본다.

진흙이 아가리를 벌린다. 바퀴를 물고 놓아주지 않는다. 진흙의 피가 바퀴에 엉겨 붙는다. 진흙의 잇몸이 찢겨지도록 앞으로 바퀴를 굴리면 뒤로 가고, 뒤로 바퀴를 굴리면 앞으로 나아간다. 꼭 그런 것만 같다. 그렇다고 그 사실을 깨닫고 나서 앞으로 가기 위해 뒤로 바퀴를 굴린다면 과연 앞으로 나아갈 수 있을까. 그때 다시 휠체어는 뒤로 가는 것이 아닌가. 꼭 그래야만 할 것이다.

8

이야기가 시작됐다면.

이야기는 여기서부터 다시, 계속 시작되어야 한다. 앞으로도 뒤로도 갈 수 없는. 앞으로 나아가려 하면 뒤에 미련이 생기고, 뒤로 돌아가려 하면 앞의 유혹에 머뭇거리게 되는. 움직일수록 앞과 뒤가 뒤섞여버리고 마는. 앞과 뒤가 너무나 편편해 구별조차 할 수 없을지라도. 이야기를 다시 시작할 수 있다면, 다시 시작해야 하는 것이다. 다시 시작해야 한다면 지금까지 읽은 것은 모두 기억에서 지워야 하리라. 지워라. 지워질 때까지. 지울 수 있을 때까지. 기억은 지워도 기록은 지울 수 없다. 결국 지워지는 순간에도 기록은 허구의 진창에서 벗어날 수 없다. 남은 것은, 쌓이는 것은 진흙뿐.

휠체어 바퀴가 진흙 속에서 헛돌고 있다.

바퀴가 남자를 속이고 있다. 진흙이 남자를 속이고 있다. 속고 있는 것은 남자의 손놀림뿐이다. 진흙 속에서. 진흙처럼 남자의 얼굴이 일그러진다. 진창과 진탕이라는 낱말을 떠올리며. 무수히 많은 낱말들을 목적 없이 탕진하며. 그 순간에도 그는 지울 문장을 썼을 것이다. 진흙 속에서 나의 발이 헛돌고 있다.

진흙의 문장
진흙에 물린 바퀴의 문장
문장의 진흙

그가 남자와 비슷한 손을 가졌다면 이런 문장을 썼을 것이다.

남자는 서서히 휠체어 바퀴를 굴려 진흙 같은 세계 속으로 들어갔다.

남자가 눈 속에 파묻힌 그의 손을 뒤집을 수 있었다면 이런 문장은 쓰지 않았을 것이다.

남자는 서서히 휠체어 바퀴를 굴려 진흙 속으로 들어갔다.

모든 문장은 불완전한 형태로 좀더 불완전한 해석을 꿈꾼다. 잠재적 불능 상태의 문장에 억지로 달라붙어 있는 진흙 같은 낱말을 떼어내고 읽어라. 떼어내고 읽어도 낱말에 대한 미련을 버리지 못한다. 그것이 세계와 닮은 그 어떤 것이라면. 요약하고 지시하고 요동친다. 얼마나 많은 손들이 낱말에 속아 함부로 문장에 밑줄을 그었는가. 긋고 있는가. 꿈도 꾸지 마라. 증명할 수 없다면 그저 관찰에 맡겨라. 그리고 문장을 다시 읽어라. 읽어야 지울 수 있다. 잊을 수 있다. 잃을 수 있다. 찾을 수 있다. 다시 읽을 수 있다. 그때 문장이 가까스로 발가벗겨진다는 것을 알게 될 것이다.

진흙의 문장을 뚫고 남자가 다가온다. 물러서야 할까. 물러설 수 있다면. 뒤를 보이며 달아날 수 있다면. 남자의 발이 그의 정강이를 걷어찬다고 해도. 진흙처럼 엉덩이가 뭉개지며. 주저앉아서. 시선의 진흙 속으로 가라앉아야 할 것이다. 지상에는 그가 깔아뭉갤 것이 아무것도 없다. 무언가 닿기만 해도 엉덩이가 뭉개질 뿐이다. 남자는 어떻게 휠체어에 앉아 있을 수 있을까. 엉덩이를 감춘 채. 엉덩이가 뭉개지도록. 옴짝달싹 못하는 체하면서 누구보다 빠르게 움직였다 느리게 정지한다. 남자의 모든 움직임은 (곧 멈춤)에 불과하다.

진흙을 뚝뚝 떨어뜨리던 휠체어 바퀴가 그의 맨발에 닿기 전 멈췄다.

바퀴가 발을 밟아주기를 그는 바랐던가. 설령 바라지 않았더라도 바퀴가 발등에 자국을 남겼다면 그는 자신이 바라던 것이 이것이었다고, 뒤늦게 깨닫게 되었을 것이다. 발등에 새겨진 바큇자국은 읽을 수 없는, 읽을 수 있어도 읽고 나면 읽을 수 없는 것과 다를 바가 없구나, 하는 낭패감만 남겨주는 문장처럼 오랫동안 그를 괴롭혔을 것이다.

그가 좀더 자신을 괴롭히는 데 탁월했다면 발목 아래에서 벌어지는 일들에 쉽게 눈을 감아줄 수 있었겠지만 그는 아직, 여전히, 이렇게, 꼼짝할 수 없으면서도 요동치는 존재였다. 존재라고 이름 붙일 수도 없는. 어둠 속에서만 옷을 벗으며 동공이 미친 듯 열리는 미성숙한 동물이었다. 남자가 그것을 일러주었다. 침묵으로. 채 완성되지 못한 문장으로. 남자는 그의 손놀림을 바라는가. 그의 엉덩이가 계속해서 뭉개지기를 바라는가. 그는 이어쓰기에 익숙한 사람이 아니다. 그렇다면 우리 역시, 아이 상태로 돌아가 이어읽기를 포기해야 한다.

남자의 책. 남자의 텅 빈 책. 공책. 낱장을 펼칠 때마다 문장들의 배열과 위치가 달라졌다. 주어가 동사에 다다르기 전 무력하게 이름을 바꾸고 말았다. 아무것도 형용할 수 없다. 남자의 책을 어디까지 읽었는가. 그것을 왜 소리 내어 읽지 못하는가. 내가 읽는 것을 내가 왜 듣지 못했는가. 그의 이해 밖에서 그의 엇나간, 읽을수록 엇나가는, 묵독을 조롱하는 남자의 책. 손바닥을 비비면 종이 가루가 밀려나왔다. 가루를 뭉쳐 뭔가 다른 형상을 만들어볼 수 있지 않을까. 남자의 책을 통독하기 위해. 지워진 부분과 끊어진 부분을 채워 넣고 이어쓰기 위해서. 절대로 지워지지 않는 문장의 육체를. 스스로 일어나 문장 밖으로 걸어 나갈 수 있는. 단 하나의. 처음 같은 끝으로. 끝 같은 처음으로.

의심 없이.

의심,이라는 단어를 내뱉고 말았으니. 이렇게 쉽게 의심을 허락하다니. 옷을 벗다니. 이미 의심의 옷을 벗고 있었지만. 남자의 없는 책 앞에서 또다시 이렇게 무너지고 마는 것인가. 의심,이라는 단어를 쓰지 않고 의심을 드러내야만 한다. 의심이란 주체적이고 독보적인 것이 아니다. 주체를 버리고 생각과 문장을 동시에 밀어내고 순식간에 끌어당김이지. 주체도 아니고. 없이. 의심에선 인칭으로서 주체는 빠져야 한다. 아니니까.

의심 없이.

어떻게 의심을 없앨 수 있을까.
밀어내지 말고 끌어당기지 말고.
내맡길 수 없을까.

여기서. 이렇게. 다만.

9

여기서, 이렇게, 다만, 꼼짝 않고 무대 뒤에 숨어 도르래에 매단 밧줄을 붙잡고 있는 자는 누구인가. 그는 분명 아닐 것이다. 그는 과거에 연연하는 사람이다. 가능하다면 모든 미래 시제를 과거형으로 무화시키고 싶어 한다. 심지어 아직 등장하지 않은, 꼭 등장해야만 하는 인물들까지. 오로지 인물로서만 가능한 이야기. 구부러진 손가락을 세워 뒤를 가리켜 진두지휘하면서. 뒤돌아보지 않고. 뒤돌아보지 말아야지 마음먹는 순간마다 뒤를 돌아보며. 길게 말 울음소리를 내면서.

남자가 휠체어 대신 말을 타고 왔다면, 그것이 귀를 잡아당기면 힝요오, 하고 울음소리를 내며, 분명 말 울음소리를 흉내 내는 것일 테지만, 자꾸 듣다 보면 실제 말 울음소리보다 말 울음소리란 이렇고말고,라고 느끼게 만드는, 힝요오 힝요오, 말 머리 모형의, 모형이라 해도, 말 머리를 쓰다듬으며 그는 남자를 환영했을 것이다.

남자를 여자로 교묘하게 바꿔치기할 수 있다면. 둘 다 다리 사이에 갖고 있어야 할 것은 갖고 있지 않고 앞뒤가 편편하다면 얼마나 좋을까. 남자를 부르면 여자가 뒤를 돌아보고, 여자가 뒤를 돌아보면 남자가 되는. 그가 지금 코를 박고 있는 것이 여자의 가랑이 속인지 남자의 엉덩이 사이인지 모르겠다. 냄새조차 구별하지 못하겠다. 그들에 대한 기억이 허구로 돌변해 그를 가두기 전 뒤엉킨 몸처럼 배배 꼬인 시선을 거둬야 할 것이다.

남자가 허구의 근원이라면 여자는 허구의 구원일지도 모르겠다. 그렇다고 하더라도. 그렇다면. 여자를 섣불리 등장시키지 말아야지. 이미 등장했다면 모른 척해야지. 벌거벗은 광대처럼, 벌거벗으면 광대는 이미 광대가 아닌 것이 아닌가, 모든 광대는 애초에 벌거벗고 있는 것이 아닌가, 무대에 서서 다른 손으로 부러진 손목을 잡고 구부러진 손가락으로 인물을 가리켜보자. 여태까지 그를 제외한, 그를 외면한 인물들만 나열하고 있던 것은 아닌가. 어떤 인간인지가 아니라 어떻게 움직이는 인물인지가 중요하다. 앞으로도 뒤로도 계속.

여기에서 의심이 가능하다면 이런 것뿐이다. 의심은 오랫동안 지속되지 못한다. 의심은 인내심이 부족하다. 언어의 목책 사이로 목을 뺀 의심이 허구의 여물을 목이 빠져라 기다린다. 말라 죽을 것이다.

남자가 허공에 쓴 문장의 목을 부러뜨리려는 듯 갑자기 팔을 들어올렸다. 나이트가운 소매가 흘러내려 남자의 앙상한 팔이 드러났다. 언젠가 저 팔에 매달려 남자가 팔이 있다는 것을 후회한다,고 생각할 만큼 남자를 귀찮게 한 적이 있었는지도 모른다. 뭔가에 애타게 매달린 기억은 있지만 그것이 남자의 팔이었는지는 알 수 없다. 분명한 건 남자의 다리는 아니었을 것이다. 어떻게 남자의 다리를 붙잡고 늘어진단 말인가. 남자의 다리를 붙잡고 늘어질 수 있는 건 여자 말고는 없다. 그런 면에서 여자는 독보적인 존재이기는 하다. 여자는 언제나 불가능한 것에만 기대서 불가능한 것을 가능한 것처럼 만들려 노력하다 번번이 실패해 남자를 완전히 불능의 상태로 만들어버리곤 한다.

잠재적 불능 상태에 빠져 있는 것도 모른 채 남자는 아마 자신의 힘을 과신하고 싶어 그에게 팔에 매달려보라고 말했을 것이다. 그 역시 아이다운 순진함을 과신하기 위해 힝요오, 웃으며 못 이기는 척 매달렸을 것이다. 여자는 이 광경을 훔쳐보고 있었던가. 남자와 그 사이를 어떻게 갈라놓을 수 있을까 고심하면서.

이 망할 놈의 자식아, 제발 좀 떨어져라.

안간힘으로 자신의 팔에 매달려 있는 것을 참지 못해, 정말 참지 못한 것은 매달린 그라는 것을 남자는 결코 이해하지 못할 것이다, 남자가 그렇게 말할 사람은 아니었다고 해도 그는 그렇게 들었다고 기억하고 있다.

이 망할 놈의 자식이라니, 제발 좀 떨어지라니. 기억의 살을 찢고 목소리가 들리는 것이다. 목소리를 그대로 언어로 옮길 수 있다면 좋을 것이다. 기록된 언어로 다시 기억을 위장하고. 남자가 영원히 기억과 기록으로만 존재했다면. 시간이 흐를수록 사실이 허구가 되어가는 것을. 문장은 설령 바뀌지 않는다고 해도. 설마 문장이 어떻게 바뀌겠는가.

언제나 말 울음소리는 힝요오,처럼 들리니까.

남자가 말 머리 모형 말에 그를 태운 적이 있다. 그는 잠들어 있었다. 그 당시 그는 대부분의 시간을 잠들어 있었고, 남은 시간도 대부분 잠이 들어 있는 척했다. 누가 보는 사람이 없어도, 그래도 자신이 자신을 보고 있다는 생각에 자신을 속이고, 자신에게 들키지 않기 위해 잠이 든 척하곤 했다. 잠이 든 척하다가 잠이 들어버리는 것만큼 그가 즐겨 하는 일도 없었다.

그날도 잠이 든 척하다가 잠이 들었다가 남자의 인기척에 깨어나 다시 잠이 든 척하고 있었다. 남자는 그의 귓불을 만지작거리며 입김을 내뿜었다. 담배와 술과 음식과 향수에 찌든 냄새가 그의 얼굴을 뒤덮었다. 그 냄새에 침이 넘어갔다. 그가 아직 알지 못하는 밤의 세계로부터 묻혀온 냄새에 온몸이 찌릿찌릿했다. 잠이 든 채 밤의 세계에서 깨어나고 싶었다. 누군가 자신이 잠든 사이, 설령 잠이 든 척하고 있어도 몰래 들고 나가 밤의 속살 속으로 옮겨주었으면 했다. 밤의 소음. 밤의 비명. 밤의 광란. 밤의 폭언. 밤의 용서. 밤의 무릎. 밤의 침묵. 밤의 실패. 밤의 실오라기. 밤의 우유. 깨어난 상태로 밤이 풀어놓은 미쳐 날뛰는 세계에 몸을 적시며 뜬눈으로 밤을 새우고 싶었다.

그의 밤을 덮어버리듯 남자가 더럽고 거친 손으로 그의 귓불을 비벼댔다. 밤이라면 무조건 환영이다. 그러나 남자가 귓불을 만지고 있는 것은 도저히 참아줄 수 없었다. 마치 언제든지 귓불을 잡아당겨 자기 맘대로 들었다 놨다 할 수 있다는 것을 보여주려는 것 같았다. 차라리 고무줄 바지 속에 손을 쑥 집어넣어 두 개의 방울과 하나의 구부러진 막대기를 만져주는 편이 차라리 나았다,라고 그는 생각했다.

남자는 한 번도 그것을 만져준 적이 없다. 그것을 만지는 것은 언제나 여자의 몫으로 남아 있었다. 여자는 밤이 풀어놓은 미쳐 날뛰는 세계에 빠진 남자의 것을 대신해 그의 그것을 만지며 잠들었다.

자정이 지났는데. 이렇게. 더 이상 시곗바늘이 움직이지 말아야 하는데 움직이고 있구나. 너는 눈을 감고 있구나. 어떻게 눈을 감을 수 있니. 잠이 든 척했다고 말해다오. 기다리고 있다고. 너 역시 기다리고 있다고. 깨어 있는 것은 이것밖에 없구나. 자정이 지나고 있다. 어떻게 이렇게 작은 게 다 있을까. 아직 오지 않을 시간이지만 아직 오지 않는구나. 난 한 번도 이런 걸 꿈꾼 적이 없어. 징그러워. 하지만 지금은 방법이 없어. 아직 오지 않으니까. 이게 더 징그러워. 그것이 나의 손을 잡아당겨. 징그러워. 귀엽지도 않아. 독특하지도 않아.

그의 고무줄 바지 속에서 손을 빼곤 여자는 자신이 중얼거린 말에 입맛을 다시듯 혀로 입술을 핥았다. 뭔가 더 할 말이 있지만 더 이상 말을 하고 싶지 않다는 듯 그 옆에 벌렁 누웠다. 언제나처럼. 언제까지 여자는 그 옆에 누워 있어야 했을까. 여자가 정말 그 옆에 누워 있고 싶어 한 것일까. 이 여자의 이름은 무엇일까. 그는 이 여자를 어떻게 불러야 할까. 너무나 부르기 쉬운 이름 앞에서 그는 주저하고 있었다. 여자를 부르기 위해서는 입을 동그랗게 모아야 한다. 시간이 필요하다. 얼마나 더 많은 시간이 필요한가. 불명확한 발음으로 여자의 이름을, 아니 그것은 이름이 될 수 없다, 모독하고 싶었다. 한 번쯤은 불러봐도, 불러줘도 좋을 것이다.

10

지금의 그 또한 지금의 그녀를 부르지 않았다. 왜 그는 그녀를 불러야만 하는가. 그가 손가락으로 지시하는 곳에 그녀가 서 있거나 앉아 있거나 누워 있었다. 때로는 옷을 벗고 그가 어서, 제발 자신을 가리켜주기를 기다렸다. 기다리다가 그녀는 눈을 감고 잠이 들곤 했다. 그녀가 잠이 들면 비로소 그가 그녀의 특정 부위를 손가락으로 가리켰다. 수면 속에서 그녀의 특정 부위가 꿈틀거렸다. 벌어졌다. 그의 목소리가 길어졌다. 구부러졌다. 축축해졌다.

그가 죽은 말에 올라타듯 그녀 위로 기어 올라갔다. 얼마 지나지 않아 그가 죽은 말의 역할을 했다. 죽은 말이 다시 한 번 죽고 싶다는 듯 힝요오, 소리를 냈다. 소리를 낼수록 엉덩이와 얼굴의 색채가 비슷해졌다. 엉덩이와 얼굴이 주름지고 겹쳐지고 미끄러졌다.

엉덩이와 얼굴의 갈라진 틈에서 말들이 쏟아졌다. 네 발 달린 말. 세 발 달린 말. 두 발 달린 말. 한 발 달린 말. 발 없는 말이 미친 듯 뛰어다녔다. 그녀와 그의 육체를 사정없이 짓밟았다. 순식간에 말이 밤의 속살을 까뒤집어놓았다. 그는 뒤늦게 옷을 벗고 서둘러 옷을 입었다. 옷을 입고 있을 때 그는 더 벌거숭이처럼 보였다. 겨울 없이. 더운 세계 속에서 걸어온 그가 벌거숭이가 되어 더 더운 세계 속으로 걸어 들어갔다.

후회해요.

그녀가 그의 엉덩이를 바라보며 말한다. 음성의 고저가 없어 그를 향한 물음인지 그녀 자신을 위한 혼잣말인지 알 수 없었다.

후회할 것이다. 더 이상 후회할 수 없을 때까지.

그는 반응하지 않는다. 그녀는 자신이 무슨 말이든 말하지 않았다면 좋았을 것이라고 뒤늦게 후회한다. 그녀는 결코 그의 밤이 되지 못했다.

그녀의 두 다리는 밤을 향해 자주 벌어지곤 했다. 밤은 쉽게 그녀의 다리 사이를 훔쳐보지 않았다. 훔쳐볼 만한 것이 못 된다는 듯 힐끔 쳐다보곤 물러섰다. 밤이 황급히 물러서다 문틈에 끼었다. 밤의 목이 잘린 채 바닥에 떨어졌다. 덜그럭 소리를 내며 움직였다. 움직일수록 얼굴이 부풀어 올랐다. 방 안에 밤의 얼굴이 가득 찼다. 방이 한쪽으로 기울어졌다. 바닥이 움푹 파였고 천장이 둥그렇게 구부러졌다. 방과 밤이 밀어내고 밀리고 있었다. 더 이상 견딜 수 없다는 듯 밤이 비명을 질렀다. 밤의 눈과 코와 입과 귀와 정수리에서 어둠이 터져 나왔다. 사방이 검게 물들었다. 숨을 쉴 때마다 끈적끈적한 모래의 수분이 목구멍에 차올랐다.

목구멍.
목구멍 속으로 노란 구름이 지나갔다.
목구멍 속에서 노란 버섯이 자라났다.
속에서 속으로 속이며.

이 끊을 수 없는 끈적끈적한 의심의 덩어리. 이야기를 좀먹는. 이야기에 구멍이 뚫렸다. 구멍 주위에 비유의 알들이 자라나고 있다. 어떤 비유들은 사유를 흉내 내기 위해, 위장하기 위해 톡톡 터져 얼룩을 만들며 이야기를 더럽힐 것이다. 교란시킬 것이다. 그러나 비유가 사유가 되기 위해서는 또다시 이야기라는 인공 자연이 필요할 것이다. 적당한 습기와 한 줌의 정신이 필요할 것이다. 인공 자연 속에서 사유가 되지 못한 비유가 기형적으로 자라나고 있다. 그 무엇도 지시하지 못하고 오로지 비유의 악순환을 반복하고 있다. 비유를 위한 비유. 반복을 위한 반복. 번복을 위한 번복. 이것이 어쩌면 인공 자연 속의 또 다른, 유일한, 사유의 형태일지도. 노란 구름과 노란 버섯이 한쪽으로 기울어진 이 무대의 시작과 끝이 될 것이다. 되어야만 하는가. 되어야만 한다면. 말의 고삐는 늦추지 말고.

여자가 그 옆에 누워 오른쪽 다리를 들어 올렸다 내렸다. 왼쪽 다리를 들어 올렸다 내렸다. 다리를 붙여 들어 올린 뒤 발끝을 쳐다보았다. 다리를 옆으로 쫙 벌렸다. 밤의 혀가 그녀의 발끝에 머문 채 좀처럼 아래로 미끄러질 생각을 하지 않았다.

이 밤은 또 누구의 시간과 공간을 위해 혀를 내밀고 말았는가. 분명 여자와 그녀의 밤은 아닐 것이다. 여자와 그녀의 밤은 분리되어 있다. 남자와 그의 밤이 너무 멀리 있어 분리되어 있는 것처럼. 밤과 밤 사이에 건널 수 없는 좁고 험준한 밤의 계곡이 놓여 있다. 밤의 계곡 속에 몸이 끼인 채, 몸을 끼운 채, 그들은 한목소리인 듯, 각자의 몸짓으로, 자세에 힘쓰며, 장식적으로, 장치에 힘입어, 허우적대고 있었다. 여자가 다리를 바닥에 떨어뜨렸다. 귀찮지만 도리가 없다는 듯 다시 그의 고무줄 바지 속에 손을 집어넣었다. 언제까지 그렇게 집어넣었다 뺐다를 반복할 생각인지 모르겠다. 여자의 손에는 땀이 배어 있었다. 밤이 배어 있었다,고 말해도 좋을 것이다. 귀엽지도 독특하지도 않은 것을 주물럭거리며 만지던 여자가 한없이 불안정한 숨결의 말들을 노래처럼 불렀다.

눈이 있다면 눈을 감아라. 눈을 감았다면 한 번 더 감아라. 감은 눈 속에서 발목이 자란다. 발목을 숨겨라. 발목을 숨겨라. 그들이 오기 전에. 그들이 온다. 그들이 온다. 손에 도끼를 들고. 피 묻은 도끼를 들고. 발목을 잘라라. 발목을 잘라라. 긴 발목을 잘라라. 짧은 발목을 잘라라. 그들이 오기 전에. 그들이 오기 전에. 어디에 숨을까. 여기에 숨어라. 여기에 숨어라. 발목이 보이면 큰일. 먼저 발목을 잘라라. 그들이 와서 발목을 자르기 전에. 발목을 잘라라. 발목을 잘라라. 긴 발목을 잘라라. 짧은 발목을 잘라라. 피 묻은 도끼로. 내려쳐라. 내려쳐라. 눈을 감은 채.

여자는 그대로 잠이 들었다. 그의 고무줄 바지 가운데가 불룩 솟아 있었다. 그가 할 수 있던 것은 무엇이었을까. 스스로 일어날 수 없던 그는 여자가 어서 고무줄 바지 속에서 손을 빼주기만을 간절히 바랐다. 그가 자르고 싶은 것은 여자의 손목이었다. 여자의 손목이 잘린 채 그의 고무줄 바지 속에 담겨 있다. 같은 음의 건반을 반복적으로 누르듯 여자의 손가락이 움직인다. 여자의 손이 길어져 그의 다리를 훑어 내려가 발목을 잡고 있다. 애초에 마음대로 움직일 수 없는 그는 더 이상 마음대로 움직일 수 없게 된다.

그때 비로소 남자가 방으로 등장하는 것이다. 마치 처음 등장했다는 듯 두리번거리며 어깨를 으쓱거린다. 남자의 옆구리에는 말 머리 모형의 말이 들려 있었다. 어둠 속에서 건져낸 죽은 말의 검은 눈동자가 잠이 든 척하는 그를 빤히 쳐다보고 있었다. 남자는 전구가 깨진 가로등처럼 눈앞의 광경을 말없이 바라본다. 잠시 후 잊고 있었다는 듯 말을 방 한구석에 던져놓고 남자가 여자의 손목을 잡는다. 그의 고무줄 바지 속에 빠진 여자의 손을 잡아 뺀다. 여자의 손은 쉽게 빠지지 않는다. 여자가 귀엽지도 독특하지도 않은, 더 이상 귀여워지지도 독특해지지도 못할, 가망성이 없는 것을 움켜쥔 채 놓아주지 않는다.

그는 의상을 잘못 갖춰 입은 광대처럼, 광대란 모름지기 어떤 의상을 입어도 광대처럼 보여야 하는 것이 아닌가, 울상이 되어 다리를 구부렸다 폈다 하고 있었다.

남자의 손이 그의 고무줄 바지 속으로 들어왔다. 두 개의 손이 고무줄 바지 속에서 사투를 벌이듯 움직였다. 차라리 나의 바지를 벗겨다오. 결국 두 손이 맞잡은 채 고무줄 바지 속에서 빠져나왔다. 손이 빠져나가도 고무줄 바지 가운데는 여전히 불룩하게 솟아 있었다. 이건 또 누구의 손이란 말인가.

남자의 손이 가리키는 곳에 여자가 눈을 감은 채 누워 있었다. 여자는 거의 벌거벗었다. 부끄러움을 넘어선 차림이다. 남자는 여자보다 덜 발가벗었다. 그래도 가리고 드러내는 부분은 비슷하다. 감춰진 부분은 드러날 것이고 드러난 부분은 감춰질 것이다. 어떻게. 벌거벗고 발가벗은 채. 벌거벗는 것과 발가벗는 것의 차이가 유일하게 여자와 남자를 구별할 수 있는 말이 되기를. 말이 될 수 없다고 해도.

남자의 얼굴이 여자의 엉덩이에 짓눌리고 여자의 얼굴이 남자의 엉덩이에 짓이겨지고 있다. 누가 먼저랄 것 없이 서로의 엉덩이를 후려치고 있다. 남자의 오른쪽 엉덩이와 여자의 왼쪽 엉덩이가 붉게 달아오르고 있다. 구석에 처박힌 말 머리 모형 말이 검은 눈을 깜빡이며 누구의 얼굴인지 누구의 엉덩이인지 모를 모형의, 언제든 다른 것으로 위장할 준비를 하고 있는 듯한 덩어리를 쳐다보고 있다. 그는 한번쯤 잠이 들어도 좋겠다는 생각을 하면서도 쉽게 잠을 이루지 못한다. 잠든 척 감은 눈 속에서 검은 말이 힝요오 힝요오, 소리를 내며 미친 듯 뛰어다니는 것이다.

11

팔을 머리 위로 올려줘.

남자가 말한다. 여자는 그 말을 듣고도 못 들은 척하고 있다는 것을 남자가 알아주길 바란다는 듯 팔을 머리 위로 올리지 않는다. 양팔을 좀더 몸에 바짝 붙인다. 남자는 시선을 잠시 한곳에 고정시킨 뒤 다시 말한다.

팔을 머리 위로 올려.

여자는 팔을 머리 위로 올리지 않는다. 팔을 머리 위로 꼭 올려야 돼요,라고 여자는 반문하지 않는다. 팔을 머리 위로 올리는 것이 중요한 것이 아니라 남자의 제안과 명령을 거부하는 것이 목적이었다. 팔을 머리 위로 올리는 것이 뭐가 그리 대수겠는가. 여자는 남자 앞에서 수도 없이 팔을 머리 위로 올리지 않았는가. 팔을 머리 위로 올리지 않은 채 어깨를 보란 듯이 앞뒤로 흔들며 남자에게로 간다. 다가가는 만큼 남자는 뒤로 물러선다. 여자가 손가락 총으로 남자를 쏘려고 한다. 남자가 팔을 들어 올린다.

여자가 다리를 벌려 남자의 허리를 두른 채 매달려 있다. 남자가 여자의 머리채를 움켜잡고 있다. 남자의 허리가 점점 늘어나고 여자의 목이 한없이 뒤로 꺾이고 있다. 그렇게 시작되자마자 끝으로 치닫는다. 반복한다. 과연 반복이란 것이 있을 수 있는가. 가능한가. 가능하다면 어디 한번 그대로 다시 반복해봐라. 이야기에 휘말리지 말라. 이야기는 언제나 팽창하고 끊어지고 이어질 뿐이다. 반복은 위장일 뿐이다. 서로 속이고 속아주는 척하고 있다. 속일 생각이라면 속아주지 않겠는가. 속아주기를.

언제까지 매달리고 움켜잡고 있어야 할까. 말 머리를 붙잡고 말 허리를 부여잡고. 쉿소리 같은 숨소리가 들렸다. 시간의 채찍이 말의 궁둥이를 후려치고 있다. 짧은 시간이 흘렀다. 더 이상 반복이 불가능한, 쪼갤 수 없을 만큼의 시간이.

방구석에 놓인 말이 잠들었다. 눈을 뜨고 잠이 든 말의 눈동자를 쳐다보고 있으면, 말의 눈동자 너머를 응시하고 있다고 착각에 빠지면, 뭔가 할 말이 있는, 말을 해야 될 사람이 되어야만 한다고, 그는 생각한다. 그러나 무슨 말을 해야 하는 거지. 아무런 말도 하지 못한다. 하지 못하겠다. 언제 말을 해야 하는가. 언제 말로 시간을 정지시키고 진행시켜야 하는지 도무지 모르겠다. 말은 영원히 잠들고 싶어 한다. 말을 잠재우기 위한 또 다른 말이 필요하다. 누가 그의 말을 듣고 싶어 하겠는가. 그에게는 대본이 없다. 대본이 있다고 해도 대화도 독백도 없이 오로지 지문뿐이다. 지문의 연속이다.

(뭔가 골똘히 생각하는 척한다) ……

(지각없이 사유에 빠져 허우적대는 것처럼 보인다) ……

(말보다 기억이 앞선 사람처럼 군다) ……

(어떤 이유에서인지 스스로도 모를 정도의 시간 동안 침묵에 빠진 사람 같은 표정을 짓고 있다) ……

(침묵이 말보다 더 듣기 거북한 소음이라는 것을 알게 되자 침묵으로부터 달아나고 싶지만 달아날 수 없어 소리 없이 입만 벙긋거린다) ……

(머릿속에서 뭔가 명쾌한 결론에 도달했지만 말로 설명하려 할 때 명쾌함이 다시 모호함에 빠져든다는 것을 뒤늦게 깨달은 것만 같다)……

(그렇다면 내가 언제쯤 말을 해야 되는가 하고 상대방에서 물음을 던지듯 코를 찡긋거리자 상대방으로부터 영원히 너는 말을 할 수 없을 것이다,라는 대답을 눈살을 찌푸린 상대방의 표정으로부터 읽었을 때를 다시 상기하며 절망에 빠진 몸짓을, 최대한 몸을 움직이지 않고 몸으로 표현한다) ……

(다른 토끼와 달리 자신의 귀가 빠진 것도 모른 채 토끼 흉내를 내며 살아온 거짓으로 점철된 지난 시간을 돌이켜보는 듯한 토끼의 표정을 지으며) ……

지문 아래에는 언제나 이런 표시가 있다.

(사이)

침묵을 찢고 벽지가 저절로 벗겨진다. 그는 그것을 또렷이 보고 있는 것이다. 남자와 여자의 땀 냄새가 진동하는 방에서. 방으로 위장한 무대. 전면이 열린. 누가 그것을 보고 있는가.

무대 앞에는 또 다른 무대가 있다. 저 무대로 언제 건너갈 수 있을까. 건너간다면 또다시 등을 떠밀려 느닷없이 등장한 무언극의 노래광대처럼 두리번거리겠지. 노래광대는 언제나 두리번거리게 되어 있지만. 이 무대를 뜯어내지 못한다면, 이 무대가 폭삭 주저앉지 않는다면 저 무대로 영원히 갈 수 없을 것이다. 이 무대의 바깥으로 나갈 수 없다면. 그게 가능하다면. 이 무대에서 저 무대를 바라보고 꿈꾸기만 할 수 있다면. 무대의 바깥에서. 이 무대에서의 역할을 완벽히 소화해내는 것이다. 조명이 없는. 깨진 전구를 품고 있는 스탠드 불빛 아래서. 터치. 터치. 터치. 아무것도 손대지 말 것.

벗겨진 벽지 뒤에 무언가 도사리고 있는 것이 보인다. 그가 어떻게 그것을 인지하고 있는지 모르겠다. 그는 스스로 일어날 수 없는 존재이고 스스로 일어나는 순간 그의 존재를 까맣게 잊어버리게 될 것을 잘 알고 있다. 그는 여기, 방, 무대, 다른 무대를 위해 곧 뜯겨질 무대 위에, 널브러진 채, 한없이 축소된 인간의 모형으로, 징그럽지도 그렇다고 귀엽지도 않은, 그렇다고 독특하지도 않은 것을 다리 사이에 달고 흔들어대며.

벗겨진 벽지를 찢고 싶다는 듯 여자가 소리를 지른다. 벽지가 찢어진다. 침묵의 반대편에서 말라붙은 진흙 가루가 날린다. 벗겨지고 찢겨진 벽지 뒤에서 이 무대도 아니고 저 무대도 아닌 제3의 무대가 올라가고 있다. 도르래가 돌아간다. 도르래는 돌아가며 어떤 소리를 내는가. 막이 오르려 한다. 수많은 눈동자들이 하나의 눈동자로 모인다.

제3의 무대

그것을 무대의 바깥이라고 부르자. 무대의 바깥에서 야유와 휘파람과 구두를 벗는 소리가 들려온다. 뭔가 찌그러지고,

깨지고, 부서지고, 밟히는, 소리가 들린다. 목줄을 매달아 말을 끌고 무대 위에서 맴도는 말처럼 우리는 침묵해야 한다. 숨죽여야 한다. 그렇지 않습니까. 숨소리 같은 쇳소리가 들렸다. 녹슨 쇳조각을 혀끝에 올려놓고 천천히 녹이듯 여자는 입을 벌린다. 입속에서 노란 연기가 새어 나온다.

노란 구름 아래서 우리는 언제 벌거숭이가 되었는가. 왜 우리는 벌거숭이가 되기를 주저하면서도 벌거숭이가 되면 아무렇지도 않게 벌거숭이의 포즈와 자세를 취하는가. 우리가 완전히 벌거벗고 나면 우리의 반대편에 있는 자들은 뒤늦게 뭔가를 깨달았다는 듯 서둘러 옷을 챙겨 입는 것이다. 옷을 입고 있어도 옷을 벗고 있는 우리를 바라보고 있으면 자신이 더 벌거숭이가 된 기분을 지울 수가 없다는 것이다. 다 그런 거겠지. 그렇다고 다시 옷을 벗을 수는 없었다. 옷을 입으려 하는 순간, 옷 속에 발을 집어넣고, 옷 속에 목을 집어넣는 짧은 순간에만 벌거숭이 신세를 면할 수 있었다.

어떤 무대를 위해서
누구를 위한 무대 위에서
항문을 열어 보인 채

12

무엇을 위해
무대의 바깥에서
손가락을 구부려 시간의 벽지를 벗겨내려다 찢고 마는가.

벌거벗은 벽 뒤에서 그가 몸을 일으킨다. 드디어. 귓구멍 속에 손가락을 넣은 채 흔든다. 그녀가 그의 이불을 끌어당겨 부풀어 오르려다가 꺼져버린 배를 가린다. 전혀 특성이랄 것도 없는 특정한 신체 부위를 가리는 것이 알몸을 드러내는 것보다 더 누추하고 추잡해 보이는 경우가 이럴 때이다. 이불의 끝을 잡고 매만지다가 입에 넣는다. 쭉쭉 빨고 있다. 그녀의 젖가슴이, 시선을 요구하며, 천천히 바닥으로 흘러내리고 있다. 그녀의 발가락이 불규칙적으로 구부러졌다가 펴진다.

이 여자는 도대체가

왜 모든 여자는 이렇게 묘사되어야만 하는가. 묘사할수록 여자의 존재가 흐릿해져만 간다. 묘사는 여자를 한없이 모호한 대상으로 만든다. 묘사된 여자의 육체가 무대를 짓누르고 무대 밖으로 터져 나올 것만 같다. 축 늘어진 묘사의 머리채를 잡아 의심의 웅덩이 속에 처넣어버리고 싶다.

그렇다면 남자는 또 어떤가. 남자란 묘사할 가치도 없다. 무대 위의 의자. 남자는 뒤늦게 등장해 대사를 잘못 전달하고 서둘러 퇴장한다. 퇴장할 때마다 무대의 바닥에 미끄러져 넘어진다. 모든 것이 남자에게 주어진 역할이다. 이 기울어진 무대에서 남자는 아무짝에도 쓸모없는 존재로 등장해 무대를 한층 더 기울어지게 만든다. 남자가 무대에 넘어진 채 자신이 넘어졌다고 봐달라는 듯 발버둥을 친다.

아무도 웃지 않는다. 언제 웃어야 하는지 아무도 모른다. 우리가 무대 앞에 앉아 있거나 서 있거나 누워 있거나 돌아서 있는 이유는 언제 웃어야 할지 모르기 때문이다. 말할 기회가 있어도 우리는 이렇게 말하지 못한다.

언제 웃어야 할지 말해다오.

그는 스스로 움직일 수 있다는 착각에 빠져 끝없이 발을 들었다 내렸다 하고 있지만 한 발자국도 움직이지 못하는 대상이다. 언제까지 저 대상을 불러내야만 할까. 묘사의 엉덩이를 벌려 사유의 덩어리를 끄집어내야만 한다. 아무도 그에 대해 말하지 않는다. 말하지 않기에 귓구멍 속에 손가락을 넣어 흔들며 중얼거리는 것이다. 누가 내 얘기를 하는 거지. 누구도 자신의 귓구멍 속을 들여다볼 수 없다.

그가 뒤로 한발 물러선다. 돌아선다. 그녀에게 등을 보인다. 그녀는 깨진 거울을 마주하듯 그의 등을 쳐다본다. 그녀의 눈에 먼지가 잔뜩 낀다. 그의 등에 쩌억 금이 간다.

혼돈 속에서 질서를 꿈꾼다. 질서는 또 다른 혼돈을 부른다. 혼돈과 질서가 뒤엉키는 순간만이 진실을 포착할 수 있다. 진실이라니. 도대체 진실이란 단어가 가당키나 한가. 진실이 있다면 진실은 누구의 손가락이고, 손가락이 가리키는 방향은 어디이고, 방향의 한 구석을 장악하고 있는 사물과 시간은 무엇이고, 그것들은 누구를 위해, 누구의 진실을 위해 존재하는가. 진실에 대한 길고 지루한 방백을 들은 적이 있는가. 어느 페이지에서 누가 진실이라고 말했는가. 그 페이지를 손가락으로 가리켜봐라. 당장 손가락을 부러뜨려주겠다. 진실이라고 적힌 페이지는 이미 말소되었다. 혼돈과 질서. 어느 것의 이빨이 더 뾰족하고 날카로운 가는 입을 벌려야 아는 것이다. 혼돈의 입은 질서고 질서의 입은 혼돈이다.

진실은 두 개의 입을 갖고 있다.
하나는 여자의 것이고
하나는 남자의 것이 아니다.

그는 꼭 그렇게 말할 표정을 지어 보이면서도 그렇게 말하지 않았다. 거짓의 명명으로 존재는 영원히 부정되어야만 한다. 침이 멈추지 않고 흘렀다. 침을 멈추게 하기 위해 그녀가 그의 입에, 그는 자신의 입이 어디에 있는지 잊고 있었지만, 뭔가를 물렸다. 그것은 작고 노랗고 말랑말랑한 것이었다. 오랜만이다. 맛은 여전하지만 그것이 혀를 괴롭게 만든다. 맛은 그의 것이지만, 혀는 그의 것이 아닐 수 있을까. 눈이 녹는 소리가 들린다.

소리는 언어로 잡아둘 수 없는 것이다. 분명한 형상의 소리를 불명확한 언어로 붙들어둘 수 있다면. 소리의 날카로운 목청에 언어의 무딘 이빨을 박아둘 수 있다면. 소리가 잃어버린, 잃기 이전의 언어를 복원시킬 것이다. 소리는 언어보다 앞선다. 언어가 간신히 열어 보이려 애쓰다 실패하고 마는 관능의 문은 소리 앞에서 저절로 열린다. 한 번 열린 문은 쉽게 닫히지 않는다. 언어는 관능의 문이 열린지도 모른 채 자꾸만 열려고만 한다.

13

언어는 어떻게 관능의 문을 열어젖힐 것인가. 어떤 철자가 관능의 문 안으로 은근슬쩍 발을 들일 것인가. 발이 있다면, 발목을 여전히 감추고 있다면, 도끼가 아직 발목을 찾지 못했다면, 관능의 무대에 올라설 것이다. 무대 위에 떨어져 있는 길고 짧은 철자들을 밟으며, 뭉개며, 짓이기며, 철자들의 비명을 들으며, 발바닥에 철자의 피를 묻히며 무대의 끝에서, 끝까지, 한없이, 불규칙적으로, 매번 보폭을 달리하며, 걷다가, 멈추다가, 다시 걸을 것이다.

아직 도래하지 않은 관능의 무대 위에서 입을 지우고 입을 그린다. 이것은 또 누구의 가면인가. 인격인가. 가면의 인격. 인격의 가면. 가면 속의 찢겨진 인격. 인격 속의 찢어진 가면. 없는 혀를 내밀어 바르르 떨어댄다. 음성을 변조한다. 목소리는 또. 억양은 왜. (사이) 만큼의 시간이 흐른다. 침묵의 속도에 따라 무대의 형태가 달라진다.

무대가 호흡한다. 들썩거린다.

여자는 언제까지 이렇게 누워 있어야만 할까. 여자가 궁금해하는 만큼 그 역시 궁금하다. 그는 언제까지 고무줄 바지를 입고 이렇게 누워서 거의 발가벗은 채로 바닥에 등과 허리와 엉덩이를 붙이고 있는 여자를 향한 모든 시선을 차단한 채 잠든 척하고 있어야 하는가. 지금으로서는 먼 훗날이라고 불릴 수밖에 없는 눈이 내리고 있는 그날을 추억하며. 그녀를 어떻게 다시 소환할 수 있는가. 목소리를 들을 수 있을까. 그녀를 저만치 두고서. 멀리 더 멀리서.

팔을 머리 위로 올릴까요?

그렇게 말하면서 여자는 이미 팔을 머리 위로 올리고 있다. 이제 나는 더 이상 여자가 팔을 올려주기를 기다리는 사람이 아니라는 듯 남자는 코를 찡긋거린다. 남자의 코주름이 서서히 펴질 동안 무대의 막이 정지된다. 남자가 손가락 총으로 여자를 쏜다. 여자가 사라져주기를 바란다. 여자는 사라지지 않는다. 여자가 고개를 돌린다.

관능의 무대는 과거의 무대와 닮아 있다. 현재의 무대는 언제나 막간극에 불과하다. 무대에 능통한 자라면 막간극에서 (사이)를 읽어야 할 것이다. 읽는 동시에 잊어버려라. 무지한 관객이 인물에 몰입하느라 공간을 인지하지 못하는 사이 무대가 발가벗겨지고 있다는 것을. 언제까지 무대의 책임을 관객의 탓으로 돌릴 것인가. 의자는 관객을 기다리고 있다. 텅 빈 객석의 의자들이 더 이상 참지 못하고 무대 앞으로 몸을 끌어당긴다. 발가벗은 채 무대 위에 서 있거나, 앉아 있거나, 누워 있거나, 엎드려 있는 자들이 객석으로 내려와 관객을 기다리는 의자에 앉아야 할 날이 올 것이다. 무대 위의 관객. 객석의 등장인물.

소음과 진동으로 위장한 의자들의 잔혹극을 지켜보며 방백을 남발하는 인물은 종종 자신이 어디에 발을 딛고 있는지 망각할 때가 있다. 망각할 수 없다면 무대에 발을 딛고 서 있지 못할 것이다. 망각이 무대의 시간을 한없이 늘리고 있다. 이렇게 길고 지루한 막간극이 있을 수 있다니. (사이)를 읽을 시간은 이미 지났다. 대본을 넘길 때마다 무대의 모습이 달라진다는 것을 알고 있었는가.

벌거벗은 무대의 피부가 쓸리고 살점이 떨어져나가고 혈관이 끊어지고 근육이 파열된다. 무대의 골격이 서서히 드러난다.

여자는 자신의 역할을 완벽히 소화해내지 못했다는 절망감에 빠진다. 남자는 자신의 역할을 충분히 소화해내지 못했지만, 언제나 충분하지 못한 것이 자신의 유일한 역할임을 증명하기라도 하듯 몸을 돌려 그를 위에서 내려다본다. 팔을 뻗어 스탠드의 불을 끈다. 그의 머리 위에서 환기구가 작동하고 있다. 장치는 목소리의 영향 아래 있고, 장치의 억양 아래 그는 누워 있다.

너의 유일한 태양을 나는 이렇게 마음대로 할 수 있다. 나에겐 길고 커다란 목구멍과 암흑의 내장이 있지. 내 속에서는 텅텅 소리가 나고. 영원히 너의 태양을 나의 울림통 속에 감춰둘 수 있는 것이다. 너에게 유일한 것이 나에겐 불필요한 것에 불과할지도 모른다는 것을 명심해라. 나의 허락 없이 태양은 함부로 빛을 밝힐 수 없고 지구는 자전할 수 없다. 그리고 너는 눈을 뜰 수 없고 입을 열 수 없고 몸을 일으킬 수 없다. 허락한다. 허락한다. 허락한다. 나의 허락이 떨어졌는데도 너는 왜 눈을 뜨지 않고 입을 열지 않고 몸을 일으키지 않는가.

아직 그는 눈을 뜨지 않고 입을 열지 않고 몸을 일으키지 않는다. 그의 의심은, 의심으로 위장한 사유는, 이미 눈을 떴고 입을 열었고 몸을 일으켰다. 엎드린 채, 언제 나는 몸을 뒤집었을까, 몸이 뒤집힌 것도 모른 채, 나는 언제 몸을 뒤집어야 하는가, 과연 적당한 때라는 것이 있는가, 하고 그는 생각하고 있었다. 바닥에 머리를 찧으며 또다시 침을 흘리겠지. 다리 사이에서 노란 구름이 흘러나오겠지. 노란 구름은 방향을 잃고 어딘가로 무작정 흘러가겠지. 어딘가로 무작정 흘러가는 곳이 가야 할 방향이었다는 것을 뒤늦게 알게 되겠지.

보자. 우리가 아무리 부정해도 그가 여기 있다는 것을. 여기서 우리를 지켜보고 있는 것을. 이제 겨우 몸을 엎을 줄 알게 되었지만. 엎드리고 나면 다시 뒤집을 수도 없지만. 여전히 침을 질질 흘리며, 침을 흘린다는 것은 건강의 상징이라니까, 침의 농도가 좀더 진해지면 정상에 가까워질지도 모른다. 아니 정상에 가까워지는 것이 아니라 정상이 될 것이다. 회복될 거다. 그날로 돌아갈 거다. 우리가 이렇게 단정 짓는 이유는, 단정 지을 수밖에 없기 때문이다. 믿고 있는 것을 다시 의심할 수는 없다. 의심이 죽음을 불러오니까. 우리의 말을 듣고 있는가. 당신은 언제나 우리의 말을 듣고 있지 않았다. 우리가 입을 열기 전에만 우리의 말에 귀를 기울이다가 우리가 입을 열기만 하면 귀를 닫아버렸다. 어떻게 그렇게 귀를 열었다 닫았다 할 수 있는지. 왜 그에 대해서 설명하려고만 하면 말의 화살이 당신에게 꽂히는지. 우리가 말하고 있는가. 우리는 입을 다물고 있다. 그러니 우리의 말을 들어라. 귀를 열어라. 의심하지 말고. 의심이 곧 그의 죽음을 앞당긴다고 해도. 관능으로.

14

그는 남자의 죽음이다. 죽었다 살아난 자로서 다시 죽어가고 있다. 살아 있는 자들은 죽음이 얼마나 가까이 있는지 모르고 죽어가고 있다. 그는 죽어가고 있는가. 남자를 대신해 노란 구름 아래서 그가 죽어가고 있다.

봐요, 두 눈을 똑바로 뜬 채 죽어가고 있어요.

여자의 말 한마디, 한마디가 그것을 증명하고 있지 않은가. 여자의 말은 믿을 것이 못 된다고 하더라도, 불신으로 인한 의심이 점점 믿음으로 기울어지고 있다. 믿지 않으려 할수록 믿게 된다. 여자의 말에서는 모든 것을 의심하게 만드는 냄새가 난다. 냄새의 뿌리에는 남자의 언어가 매장되어 있고 의심은 결국 죽음을 불러오게 되어 있다. 그는 남자의 죽음이다. 죽음으로서 이렇게 남자의 발아래 누워 있다. 이 죽음까지 의심할 수 있다면 의심해야 하리라. 여자의 목소리를 따라 죽음의 모퉁이를 몇 번이나 돌았는가.

죽음의 늪에 떠 있는 부유물처럼 여자의 목소리가 방 안에 떠다니고 있다. 여자의 말이 계속되자 남자는 미쳐 날뛰는 밤의 세계 쪽으로, 아직 밤의 세계는 도래하지 않았다, 얼굴을 이리저리 돌리고 구두를 구겨 신을 준비를 하고 있다. 진흙이 잔뜩 묻어 있는 갈색 구두. 결코 그가 신을 수 없는. 한 번 신으면 벗을 수 없는. 발자국이 남지 않는 구두.

밤의 세계로 진입하는 문턱에 새겨진 남자의 발자국을 그는 본 적이 있다. 불규칙한 보폭을 연상시키며 발자국이 찍혀 있다. 남자의 발자국이 찍힌 길을 따라가다 보면 언젠가 길을 잃게 되어 있다. 길을 잃을 때까지 길을 따라갔는지 모른다. 발자국은 어느새 사라지고 없다. 뒤를 돌아보면 발자국은 지워져 있고 지금 발을 딛고 있는 발자국만 선명하게 남아 있다. 단 하나의 발자국. 거기가 밤의 세계의 시작이다. 그것은 무수히 많은 방향을 지시하고 있다. 어디로 발을 내디뎌도 같은 방향으로 나아가게 될 것이다. 그러나 더 이상 한 걸음도 움직일 수 없다. 지금 발아래 새겨진 발자국이 지워질까 두려운 것이다. 주저앉아서 발자국을 뭉개고 있다. 온몸이 좌절이고 절망이라는 듯.

좌절과 절망의 온몸이 밤의 무대를 떠돌고 있다.

우리의 맨발은 구두보다 더 더럽지만 무대에 올라서 발을 굴러야 할 것이다. 무대에 금이 가도록. 무대가 주저앉도록. 폭삭. 불발탄의 연기가 피어오른다. 무대가 노란 연기에 휩싸인다. 무대 아래서 무대를 바라보던 우리가 무대에 올라가 있다. 먼지가 일고 우리의 발바닥에는 가시가 박혀 있다. 철자의 가시밭을 밟으며 무대 위에서 뛰어다닌다. 마술사의 검은 모자에서 튀어나온 흰 토끼처럼 우리는 다시 무대 아래로 내려올 수 없다. 무대 아래로 발을 내리는 순간 어디선가 날아온 도끼가 우리의 발목을 잘라버릴 것이다. 무대 아래는 무수히 많은 발목들이 주인을 잃은 채 쌓여 있다. 어떤 발목은 흰 토끼의 귀와 닮아 있다.

귀가 없는 흰 토끼처럼 그는 우리의 시선으로 무대를 들여다보고 있다. 창밖에는 흰 토끼의 털 같은 눈발이 날리고 있다. 눈발이 날리고 있다니. 어떻게 눈발이 날릴 수 있단 말인가. 그는 성에가 잔뜩 낀 유리창에 이마를 대고 있다. 그가 표정이라는 것을 지을 수 있다면 자신을 위대하게 만든 명제의 오류를 뒤늦게 발견한 수학자 같은 얼굴을 하고 있어야 한다. 그렇게 무대의 막은 올라갈 수 있을 것이다.

그렇지. 그녀가 그의 엉덩이를 쳐다보고 있다고 생각해 뒤를 돌아보면 어김없이 그녀가 그의 엉덩이를 쳐다보고 있으니. 시간이 지나도 변하지 않는 것이 있다는 것은 무대를 위해 좋은 것이다. 유일하고 독보적인 것. 여전히 그는 유리창에 이마를 대고 꼼짝할 수가 없다. 움직이는 것은 그가 아니라 무대다. 다시 시작해도 여기로 다시 돌아오게 되어 있다. 그의 무대 뒤에서 그의 무대를 닮은 관능의 무대가 시작되고 있다.

발자국 위에 흰 토끼의 털 같은 눈이 쌓인다. 발자국이 지워진다. 누가 눈 위에 첫 발자국을 새길 것인가. 이 관능의 낱말로 가득 찬 대본의 낱장을 찢어 날릴 것인가. 무대 위에 갈가리 찢긴 대본이 날리고 있다. 발이 얼어붙었다. 무대에 발목을 남겨두고 떠나야 할지 모른다.

찰나

무대가 두 동강이 나듯 이마가 쩍 갈라진다. 이마 속으로 차가운 손이 들어온다. 이마 속에서 요동치는 사유의 꼬리를 낚아챈다. 사유가 스스로 꼬리를 끊고 달아난다. 차가운 손에 잡힌 사유의 꼬리가 눈처럼 녹아 사라진다. 손바닥에 떨어진 대본의 낱장에는 이렇게 쓰여 있다.

뒤로 두 걸음 물러섰다가 다시 두 걸음이나 세 걸음 앞으로 나아가시오.

그의 무대가 우리의 무대에 농락당하고 있다. 관능의 무대는 그의 무대로부터 우리의 무대를 향한 길고 험난한 여정의 끝에 열릴 것이다. 무대 안에 또 다른 무대가 이어져 있다. 무대 위 인물이 대본을 들고 인물 연기를 하고 있다. 이건 누구의 역할인가. 무대 위에서 한없이 시간을 허비하고 탕진하면서 인물의 역할을 흉내 내고 있는 제3의 인물은 누구인가. 죽었다 살아난 자의 연기를 대신하고 있다. 죽어야만 다시 살아날 수 있는 그의 대역이다. 언제까지 이렇게 엎드려 있어야 하는 거지. 시간을 허비하고 탕진해야 하는 거지. 시간을 허비하고 탕진하는 것이 무대를 위한 유일한 기술 장치라고 해도.

그녀의 대사가 끊기기를 바라며 그는 뒤늦게 대본의 낱장을 두 장이나 건너뛰고, 어쩌면 일부러 그랬는지도 모르지만, 대사를 잘못 구사했다는 것을 알게 된 배우처럼 난처해하면서도, 난처함을 들키지 않으려 과장되게 얼굴을 일그러뜨리며 구석에 처박힌 말 머리 모양의 모형 말을 쳐다보고 있다. 그녀의 대사는 끊이지 않는다. 그녀의 대사를 끊을 수 있는 유일한 것은 그의 대사다.

제발 그 입 좀 닥치지 못하겠어!

그는 대본대로 대사를 읽지 않는다. 대본에는 이렇게 적혀 있다.

(이젠 상대방의 목소리를 듣는 것조차 역겹다는 듯 화가 머리 끝까지 치밀어 올랐지만 달리 응수할 말이 떠오르지 않아 결국 자기 자신에게로 화살을 돌려 입을 꾹 다문다) ……

자신의 역할을 망각한 채 그녀는 그의 실언을 듣고 입을 좀 닥치게 된다. 그녀가 자신의 귀를 막고 소리 없는 비명을 지른다. 벌거벗은 채 바닥에 엎드려 몸을 웅크린다. 그의 머리 위에 엉덩이를 들이밀고 있다. 항문이 보인다. 언제까지 그는 두 눈을 똑바로 뜨고 쳐다보고 있어야 하는가. 그의 대본에는 무대 밖에서 어떤 지시가 있을 때까지, 가령 관객으로부터 뭉툭한 것이 날아와 그의 이마를 찌를 때까지, 그 어떤 상황이 벌어지더라도 두 눈을 똑바로 뜨고 있어야 한다고, 적혀 있다. 왜 그는 자신의 역할을 의심 없이 충분히 소화해내고 있는가.

그녀가 몸을 들썩거릴 때마다 항문이 움직인다. 열린다. 그는 자신이 저 속에서 나왔다고 믿는다. 그렇게 두 번 태어난

것이다. 계속 태어나도 좋다. 저 속이라면. 끔찍하지만 자신 있다. 의심하지 않는다. 의심할 수 있다면. 시간의 주름이 접혔다 펴진다. 그는 눈을 감는다. 자신이 어느 시간부터 그로 존재하게 되었는지 떠올린다. 시간의 도형 속에서 그는 벌거벗은 채 유리창에 이마를 대고 있었다. 그녀가 그의 엉덩이를 쳐다보고 있다. 그가 뒤를 돌아 그것을 확인해주기를 바라고 있다. 그녀는, 이제 그는 뒤를 돌아보지 않아도 좋다.

15

뒤를 돌아볼 수 없다. 어떻게 뒤를 돌아볼 수 있었을까. 어째서 뒤를 돌아보고 말았는가. 뒤를 돌아보고 있는 그와 뒤를 돌아보지 않는 그가 겹쳐진다. 겹쳐진 기억. 겹쳐진 기억의 틈으로 망각이 스며든다. 틈을 벌린다. 겹쳐진 기억을 찢는다. 망각으로 기억을 밀어내는. 기억을 교란하는. 기억을 의심하는. 기억의 위장술. 뒤를 돌아보면 그녀는 그의 엉덩이를 쳐다보고 있지 않다. 그녀가 그의 엉덩이를 쳐다보고 있지 않다는 의심이 뒤를 돌아보지 못하게 만든다. 언제부터 그녀는 그의 뒤에서 그의 엉덩이를 쳐다보고 있지 않았는가.

그녀라면 어떤 그녀를 말하는가.

그녀를 지시해야 하는가. 결코 그녀를 그의 대상으로 말하고 싶지 않다. 다만 이렇게 기억의 갈피에 꽂힌, 망각으로 위장한 제3의 기억에, 주름진 기억의 구멍에 그를 오랫동안 던져두고 싶다.

무대에 구멍이 뚫려 있다. 무대의 구멍 속에 발이 빠진 채 옴짝달싹 못 하고 있다. 이런 것이다. 걸을 때마다 무대에 구멍이 생긴다. 원한다면, 원하지 않더라도 대본에 적힌 대로 부동의 자세로 움직여주고 싶다. 죽음 안에서 죽음 밖으로 두 걸음 전진하고 다시 두세 걸음 물러선다. 구멍은 좁아지기도 하고 넓어지기도 한다. 그가 어떻게 죽음의 늪에서 건져 올려졌는지 묻지 마라. 묻지 않아도 모든 언어가 죽음의 낱말로 물들고 있다. 죽음의 낱말이 가득한 대본의 낱장이 찢기고 있다. 찢기기 전에. (사이) 동안.

왜 그는 남자의 죽음으로서만, 그가 남자의 죽음이라 말하는, 여자의 목소리로서만 자신의 메타포를 실현시킬 수밖에 없는가. 불변의 절대적인 메타포. 한 덩이의 죽음. 죽음의 육체가 바닥에 몸을 엎드린 채 그녀의 것과 무관한, 여자의 항문을 노려보고 있다. 죽음을 빨아들이고 죽음을 밀어내는 죽음의 공간. 여자의 항문은 무대의 항문으로 이어져 있고 무대의 항문은 세계의 항문에 닿아 있다. 세계의 항문이 인간의 항문보다 더 다채로운 냄새를 풍기며 다가온다. 세계의 항문을 떠올릴 때마다 손이 닿지 않는 신체 부위가, 그건 항문은 아닐 것이다, 인간의 손이 항문에 닿을 수 있다는 것을 생각하면 언제나 놀랍다, 아닐 것이다. 세계의 항문은 아무리 지우고 삭제해도 사라질 수 없는 것이다. 세계의 항문. 그렇다면 세계의 항문에 차라리 밑줄을 그어야 할 것이다. 세계의 항문. 세계의 항문이 파열되기 전 세계의 항문이 열리면 무대 위로 인물들이 쏟아진다. 인물들은 무대 위에서 몸을 꿈틀거리며 무대의 항문을 향해 나아간다. 그녀가 여자의 것과 무관한, 항문을 보인 채 웅크리고 있다. 항문이 입을 벌려 그의 시선을 씹고 있다. 빨아들이는 동시에 거부하는. 죽음의 구멍. 무대의 조명이 꺼진다. 암전. 스탠드의 목이 구부러진다. 그는 팔을 뻗는다. 팔이 뒤로 꺾인다.

고무줄 바지 속에서 두 개의 행성이 충돌한다. 어둠 속에서 남자의 목소리가 울려 퍼진다. 목소리는 한없이 늘어난, 곧 끊어질 것 같다가, 결코 끊어지지 않는 녹음 된 테이프 소리처럼 웅웅거린다. 무슨 말인지 하나도 알아들을 수 없다. 남자는 알아들을 수 없는 목소리로 말하고 아무도 남자의 목소리를 알아들을 수 없다. 아무도 남자의 목소리에 신경을 쓰지 않는다. 왜 아무도 나의 목소리를 들으려 하지 않는 거지. 텅 빈 객석을 향해 남자는 소리칠 수도 없다. 무대 위에서 대본의 낱장이 찢겨져 날리듯 잡음 가득한 목소리가 방 안을 떠다닌다. 아니 목소리는 잡음이다. 잡음이 전부다. 그럴 리가 없다. 그럴 리가 없다. 어떻게 그럴 리가 있겠는가. 그럴 리가 있다 해도 그럴 리가 없다. 그럴 리가 있는 것은 그럴 리가 없다는 것을 말하는 것뿐이다. 어떻게 그럴 리가 있겠는가. 그럴 리가 없다.

그럴 리가 있는 말은 할 수 없다. 그럴 리가 없는 말만 할 수 있다. 설령 그럴 리가 있는 말로 들어도 그럴 리가 없는 말로 받아들여라. 그럴 리가 있는 말속에서 그럴 리가 없는 의미를 찾으란 말이다. 그럴 리가 없지 않는가.

웅크린 자는 더욱 웅크리고, 엎드린 자는 계속 엎드려 있게 만드는 목소리. 가변의 상대적인 메타포. 어둠 속에서 그는 몸을 밀어 그녀의 엉덩이 사이에 얼굴을 파묻는다. 어둠은 모든 것을 미끄러지게 만들고 모든 것을 파묻히게 만든다. 그녀의 엉덩이가 그의 얼굴을 뭉갠다. 그는 어떤 말을 할 수 있을 것이다. 아무도 신경을 쓰지 않는 남자의 목소리를 흉내 내며, 흉내 내는 척하며 갈기갈기 찢으며 말할 수 있으리라. 묘사와 사유의 껍질을 벗겨내고. 그 어떤 것도 지시하지 않으며. 그 어떤 것도 지시하지 않기를. 의심 없이. 죽음의 풍경과 농도와 색채와 부피에 대하여. 지시 없이. 그 어떤 것을 지시해도 같은. 그렇다면 아무것도 지시하지 말아야 하는가, 아무거나 지시해야 하는가. 같은 결과에 다다르는 다른 의도와 과정을 발견할 때까지. 그녀의 엉덩이에 얼굴을 뭉개며, 뭉개지도록, 그녀의 항문에 죽음의 낱말을 꽂아둘 수 있을 것이다. 이제 그녀가 사라져도 좋다.

그가 그 속에서 나왔다면, 아니면 그가 달리 어디서 나왔겠는가, 그 속에서 새어 나오는, 그를 떠올리게 만드는 유일한 죽음의 떫고 신맛을 느껴야 할 것이다. 인물들의 대사를 뒤섞어 중언부언하면서 그의 죽음을 연장할 것이다. 팔이 조금만 더 길다면, 목이 조금만 더 길다면, 허리가 조금만 더 길다면, 그의 목소리는 좀더 구부러질 수 있을 것이다. 목소리가 구부러지면 무대도 구부러질 것이다. 구부러진 무대의 모퉁이를 돌아 무대 바깥으로 도망칠 수 있을 것이다. 아직 늦지 않았다. 기회를 주겠다. 어디 한 번 그의 목소리가 어디까지 구부러지는지 들어봐라.

"알게 될 거야. 자, 잘 보라고. 눈동자를 함부로 굴리지 말고. 엉덩이를 들썩거리지 말고. 시간이 많지 않아. 언제 다시 도르래가 움직일지 몰라. 도르래가 움직이면 밧줄이 내려가지. 밧줄을 내리면 도르래가 움직이고. 무대의 막은 그렇게 얼렁뚱땅 올라가는 거야. 그러니까, 자, 잘 보라고. 대본은 중요한 게 아니야. 난 한 번도 대본대로 말한 적이 없어. 나의 대본에는 발음하기 어려운 말만 적혀 있잖아. 발음할 수 있다고 해도 무슨 뜻인지 몰라. 무슨 뜻인지 알게 뭐야. 이제 아무도 그것의 의미를 궁금해하지 않는 것을. 듣는 순간 머릿속에서 다 지워버리고 있잖아. 내가 말하고 싶은 것은 이런 것. 유일한 것은 아니지만. 유일한 것이었으면 좋겠어. 내가 누군가의 입김에 의해 조종을 당한다고 해도 누군가의 입김을 조롱하면서 조종당하고 싶은 거라고. 이봐, 내가 잘 움직이고 있는 거지. 이런 역할은 흔치 않지. 거의 독보적이야. 이 역할로 나의 존재를 증명하고 부정할 수 있다면. 너희한테 말한 것은 아니야. 물론 그렇다고 내 얘기도 아니야. 잘 봐. 잘 들어. 의미에 앞서서.

(호흡하고)

언제 넘어진지 모르겠지만, 내가 넘어진 건 실제로 넘어진 게 아니야. 이 놀라운 속임수가 너희의 입꼬리를 올라가게 만들 거야. 웃음을 참지 못해 죽게 될 거야. 그제야 비로소 알게 될 거야. 알던 사실을 다시 알게 될 거야. 모든 것이 속임수였다는 것을. 허위 자백. 거짓 진술. 나의 억양 아래 있게 될 거야.

(호흡하고)

나는 잠이 들었고, 잠이 든 상태에서는 눈앞에 벌어지는 일들이 모두 악몽일 뿐이야. 내가 설령 바지에 오줌을 지리거나 상체를 일으켜 밖으로 나가 담벼락 위를 걸어 다닌다고 해도 그건 몽유에 불과한 거지. 현실 속에서 이렇게 나는 누워만 있는데. 이 현실이 길고 지루한, 벌거벗은 몽환극의 일부라고 해도. 움직일 수 없는 몸의 움직이는 꿈이라고 해도. 현실은 현실이지. 현실보다 앞서거나 뒤처지는 것은 아무것도 없어. 현실의 연약한 지반에 뿌리를 내린 무대. 무대 속의 무대. 무대 밖의 무대. 어떻게 무대가 구부러질 수 있단 말인가. 무대는 기울어져만 간다. 걷거나 멈춰 있거나 말하거나 침묵하거나 간에 언제나 무대는 한쪽으로 기울어지기 마련이지. 인물들은, 그것보다 나는 기울어지지 않기 위해, 수평을 유지하기 위해 안간힘을 쓰며 무대에 발을 붙이고 있는 거야. 기울어지고 싶어도 기울어지지 않지.

(호흡하고)

누가 나를 붙박이 가구처럼 무대에 붙여놓았는가. 누군가 나의 대본을 가로채주기를 기다린다. 이미 나는 대본을 빼앗겼다. 그걸 알고 있으면서도 모른 척하고 있었다. 계속 모른 척하고 있어야지. 어차피 대본은 가짜니까. 순서가 뒤바뀐, 뒤섞인, 같은 낱장이 연속적으로 붙어 있는 가짜 대본에 불과하니까. 모든 대본은 가짜일 수밖에 없지 않은가. 가짜임이 끝내 밝혀져야 하는 것이 아닌가. 끝까지 속고 있는 척은 하지 마라. 하지 말자. 미안하지만 이미 나는 대본을 전부 외우고 있다. 너무나 정확하게. 내가 마지막 무대에서 어떻게 사라지게 되는지 알고 있다. 무대 위에서 그것을 연기할지는 아직 모르겠다. 긴 망설임. 너무나 빈번한 망설임의 전환이 필요할 것이다. 즉흥이 아닌 즉석으로. 턴. 턴. 턴. 때에 따라서는 무대 아래의 몇 사람을 불러, 말짓과 몸짓으로 유혹을 해야 할 것이다.

(호흡하고)

그들은 나의 망설임 아래 있다. 나는 이 계절 속에 있고 계절은 변하지 않는다. 나는 계절이 어떻게 바뀌는지 몰라. 알게 뭐냐. 계절이 어떻게 바뀔 수 있단 말인가. 겨울이니까 눈이 내리고, 무대에는 찢긴, 가짜 대본의 조각들이 눈처럼 쌓여 있지. 눈처럼 쌓여 있다니. 이런 저급한 비유로 나의 현실은 거짓으로 물들어가고 있다. 내버려둬야 할까. 내버려둔다. 이 혹한의 겨울. 냉철한 이성이 냉혹한 현실에 몸을 허락하고 말았다.

(호흡하고)

현실의 무대는 언제 어떻게 붕괴될 것인가. 언제 그들이 나를 데려갈지 모른다. 무대 밖으로 질질 끌고 가 발가벗겨 다른 무대에 던져버릴 것이다. 나는 곧 일어나 걷게 될 것이고. 그런 날이 올지 모르지만 그런 날이 오게 된다면, 역할을 바꿀 수 있다면, 역할을 조금만 더 견딘다면 그런 날이 올 것이고, 그때 나는 인간의 걸음걸이에 관한 장황한 묘사를 펼치고 보행자의 사유를 구축할 수 있을 것이다.

(호흡하고)

누워 있기 전 나는 분명 공기가 희박한 어둠 속에서 날아다니듯 걸어 다녔겠지만. 모든 것이 노란 연기에 휩싸여 있다. 모든 발자국을 연기가 가져가버렸지. 아직 노란 연기가 구름이 되기 전. 떠도는 발자국들. 연기 속에서 발자국이 일어나 걸어 다닌다. 어떤 발자국은 느리게, 어떤 발자국은 빠르게, 어떤 발자국은 절룩거리며, 걸어 다닌다. 발자국을 쫓아내고 발자국을 쫓아가는 목소리. 어디선가 목소리가 들려. 분명 내 목소리는 아닌데. 내 목소리처럼 들려. 눈을 감으면 더 잘 보이는 광경을 나는 보았지. 내가 본 것을 전부 말할 수 있어도 말하지 않을 거야. 그건 몽유에 불과하니까. 나는 잠들어 있으니까. 잠든 척하고 있으니까. 내가 최초로 꾼 꿈을 다시 시연하고 싶지는 않아. 꿈속으로 달아난 목소리를 쫓아 내 귀를 던지지는 않을 거야. 던질 귀가 없어. 누가 내 귀를 뽑아간 거지. 몽유 속으로 손을 집어넣어 내 귀만 뽑아 몽유 밖으로 달아나고 있는 거지. 나는 누워서 귀를 감추고 있다. 이미 귀가 뽑혔지만 귀가 있던, 귀의 기억이 남아 있는 신체 부위를 감싸 쥐고 있는 것이다. 이렇게 조금만 더 버틴다면. 귀의 감각을 다른 감각으로 환원시킬 만큼의 시간이 흐른다면. 귀의 기억까지 감출 수 있다면. 손가락 사이로 귀의 기억이 푸른 잎사귀처럼 자라날 거야. 싱싱한. 탁탁 털면 물방울이 떨어지듯 미쳐 날뛰는 감각으로 나는 세상의 모든 소리를 볼 수 있을 거야. 보일 거야. 소리가 색채와 빛깔로 번져가는 것을. 소리의 파동과 소리의 주름을. 코를 찡그리며. 보고 있다.

(호흡하고)

언어의 모빌에 매달린 우주가 폭발 직전까지 팽창하고 있다. 누군가 다가왔다가 사라진다. 무대는 발자국의 소음으로 더럽혀진다. 귀가 뽑힌지도 모르고 무대를 이리저리 뛰어다니는 토끼처럼 나도 무대 앞으로 전진, 전진, 오로지 전진해야만 할까. 대본의 낱장을 계속해서 넘겨야 할까. 음향도 없이 무대 위에 올라서 언제까지. 현실의 얼굴이 몽유의 얼굴로 바뀌는 것을. 그렇게 현실이 붕괴되는 것을 나를 통해 시연해야 하는가. 리허설도 없이. 오로지 리허설이 전부인. 저 말 머리 모양의 모형 말처럼 흔들려야 하는가.

(호흡하고)

의자가 의자를 끌고 가고 있다. 무대의 뒤편으로. 의자 다리가 다른 의자 다리를 걸어 끌고 가고 있다. 그렇게 객석의 의자들이 다리를 걸어 끌고 가는 동시에 끌려가고 있다. 하나 둘 무대의 저편으로 사라진다. 사라지고 있다. 무대는 구부러질 수 없는가. 무대는 구부러질 수 없다. 나의 목소리가 그렇게 구부러질 수 없다는 것을 증명하고 있다. 나의 목소리는 구부러지기 전에 부러지고 만다. 부러진 목소리가 무대 위에 굴러다닌다. 나의 명대사는 이렇게 다시 유보된다. 몸짓 연기에 서툰 배우가 언어 연기로 자신의 단점을 보완하려다 실패한 듯 나는 다시 누워 있게 된다. 나는 입을 벙긋거린다. 이것은 언어 연기인가 몸짓 연기인가. 이 연기에 나는 능통해 있다. 나는 입을 벙긋거린다.

(호흡하고)

여자가 항문을 보인 채 엎드려 있다. 남자는 나의 벙긋 소리에 귀를 기울이고 있다. 내가 너로 인해 이렇게 무너져야만 하는가,라고 고함을 칠 준비를 하고 있다. 우주의 가장 고등한 단세포동물처럼 나는 입을 다물지 못한다. 귀를 기울여도 남자는 나의 말귀를 전혀 알아듣지 못한다. 말은 말로 잠재울 수밖에 없으니. 나는 영원히 남자를 잠재우지 못한다. 나의 언어 밖에서 남자는 언제나 잠재적인 침묵 상태로 남아 있다. 남자가 내 배를 걷어찼는가. 남자가 내 다리를 밟았는가. 남자가 내 목을 조였는가. 남자가 고양이 시체처럼 누워 있는 나를 들어 올렸다. 기억 속에서는 무엇이든 못 하랴. 기억이 점점 허구의 소용돌이에 말려간다. 허구의 불안한 도르래에 매달려 기억이 주름졌다 펴졌다 한다. 밧줄이 움직인다. 무대의 막이 올라가는지 내려가는지는 잠시 신경을 끄자. 의자에 앉아 있다면 의자를 끌어당겨 좀더 앞으로 다가와라. 무대는 의자를 간절히 원한다. 모든 의자가 무대 뒤편으로 은근슬쩍 사라졌더라도. 사라지고 있더라도. 단 하나의 의자만 있다면. 단 하나의 의자도 남아 있지 않을 때까지. 막이 내려가도 무대의 인물은 사라지지 않을 것이다. 퇴장할 수 없다. 등장하지 않았다. 남자는 나를 들어 올려 마지막으로 이리저리 살펴본 다음 내동댕이쳤어야 했다. 몽유의 바깥으로. 노란 구름의 바깥으로. 음향의 바깥으로.

(호흡하고)

남자는 나를 말 머리 모양의 모형 말에 억지로 태웠다. 그 순간 나의 눈이 뜨였다. 말은 갈색이었고, 주름이 가득했고, 툭 튀어나온 눈은 무섭도록 검었다. 밤을 동경해도 그런 어둠의 눈알이라면 뒤로 물러서게 될 것이다. 말의 눈이 무엇을 보고 있건 시선이 나를 따라다녔다. 나보다 먼저 말이 나를 쫓고 있었다. 말의 눈알이 회전했다. 그 순간 울음이 터질 것만 같았다. 축 늘어진 채 나는 말에 올려졌다. 어서 일어나. 눈을 떠. 이 망할 자식아. 입을 벌려. 말을 해. 다리를 움직여. 어서 걸어. 달려라. 달려. 밤으로. 밤의 바깥으로. 미쳐 날뛰어라. 적군의 시체를 말에 올려 적군의 주둔지로 보내는 장군처럼 남자가 말의 귀를 잡아당겼다. 힝요오. 말이 길게 울음소리를 냈다. 그 순간 그 여자, 항문을 보이며 엎드려 있던, 그 빌어먹을 여자가 참지 못하고, 나보다 먼저 울음을 터뜨리고 말았다. 힝요오, 힝요오. 감정이 표백된 나의 울음소리는 그 여자의 울음과 말 울음소리에 섞여 들리지 않았다. 남자는 들은 척도 하지 않았다. 나는 이 역할의, 이 역할이 나의 역할임을 긍정할 수도 부정할 수도 없는 난처한 처지에 처하게 되었어, 이 역할을 버릴 수 없으니, 이 역할을 중단한 채, 언제 다시 언제든 이 역할을 다시 떠맡을 수 있겠지만, 이 역할의 옷을 벗고, 바깥으로 나가야겠어,라는 나의 대사를 자신의 대사로 착각해 읽은 뒤 남자는 말 모가지를 비틀듯 벽에 걸린 자신의 나이트가운을 잡아당겼다. 벽에 걸린 못이 튕겨나와 나의 이마에 떨어졌다. 이마에 못이 떨어지는 순간 모든 것이 깨지는 것만 같았다. 대본의 낱장이 찢어지는 소리가 들렸다. 하마터면 나는 말을 할 뻔했다. 얼마나 오랫동안 말을 참고 있었나. 말을 참는 이유도 모른 채 말을 참고 있었다. 사라지는 목소리로 말을 위장하고 있었다. 그들은 내가 말할 시간이 지났는데도 말을 하지 않고, 걸을 수 있게 성장했어도 걷지 않는 것에 질렸다. 두 손 두 발 다 들었다. 왜 말을 하지 않고 걷지 않느냐고 다그치지 않는다. 이제 놀라워하지 않는다. 내가 걷게 된다면, 말을 하게 된다면 그들은 과연 놀라 뒤로 자빠질 것인가. 놀라 뒤로 자빠져도 코가 깨진다면. 산산조각 난다면. 그렇게 그들의 야비한 침묵에 흠집을 낼 수 있다면. 나는 섣불리 말을 하고 걷지 않는다. 대본의 어떤 페이지는 빈 여백으로 남아 있다. 그것이 나의 성장 기록이다. 나는 나의 저능한 발육 상태를 증명하기 위해, 그들을 안심시키기 위해, 역할에 충실하기 위해, 부러 몸을 허우적대며 말에서 떨어졌다. 이마에 상처가 나고 피가 맺혔다. 나는 울었던가. 울었겠지. 나는 발버둥 쳤던가. 발버둥 쳤겠지. 몸을 뒤집었다. 옆으로 굴렀다. 남자와 여자가 같은 눈빛으로 내 이마에 고이는 핏물을 바라보았다. 마치 자신들의 존재를 부정하듯이. 나는 벽에 난 못 구멍 자국에 시선을 빼앗겼다. 구멍이 움직였다. 원을 그리며 돌았다. 나의 시선이 같이 맴돌았다. 구멍은 점점 안으로 넓혀 들어갔다. 현기증이 일었다. 어설픈 희극과 무절제한 비극의 톱니가 맞물려 돌아가는 소용돌이. 관능의 무대가 거꾸로 돌아간다. 못 구멍 속으로 인간의 영혼을 흡수한 노란 구름이 말려들어갔다. 무대 위의 인물들은 무릎이 탈골돼 더 이상 걷지 못했다. 탈골된 무릎을 짚고 일어서야 한다. 아직 부자연스러운 역할을 자연스럽게 연기한 적도 없으니. 단 한 번도 몸짓 연기와 언어 연기를 완벽히 소화해낸 적이 없으니. 관능의 무대 속으로 걸어 들어가야 한다. 일어나 걷고 싶었다. 걸으며 말하고 싶었다. 보행자만이 실현할 수 있는 불안한 걸음걸이로 불쾌한 억양으로 불온한 언변을 구사해야 할 것이다.

(호흡하고)

나는 이마에 피를 흘린 채 걸어가고 있지. 나를 따라오는 것은 모든 것을 얼어붙게 만드는 노란 구름뿐. 푸른 잎사귀처럼 귀가 자라나 펄럭거릴 때 나는 공중으로 몇 걸음 올라갈 수도 있지. 노란 버섯을 물고 지상을 내려다보며 마지막 미소를 짓게 되겠지. 이마의 피는 흐르지 않고 고여 있지. 작은 흠집에 불과하지만 그건 세계의 항문처럼 탐스럽고 고독하지. 나는 못 구멍 속에서 빠져나온, 떨어져 나온, 밀려나온 인간. 못 구멍 속 미로를 헤매다 출구로 나왔지. 아니 그건 입구였어. 언제나 입구로 들어가 입구로 나오게 되어 있지. 무딘 머리통을 감싸고. 녹슨 사유의 철가루를 온몸에 묻힌 채. 더듬거리며 절룩거리며. 무대를 더럽히고 있지. 못 구멍이 나의 시선을 녹이고 있어. 들어갈 수 있다면 저 구멍 속으로 다시 들어가야 하지. 어떻게 나의 몸을 녹일 수 있을까. 길고 가느다랗고 뾰족하게 만들 수 있을까. 못은 도대체 어디로 떨어진 것일까. 저 헐거운 구멍을 이렇게 바라만 보고 있다니. 구멍이 다가왔다가 물러선다. 커졌다 작아진다. 무대에 떨어진 못은 누구의 발바닥을 찌를 것인가. 나는 두 발 달린 짐승. 노란 구름 속에 몸을 감추고 있는 벌거숭이. 목구멍 속에 언어의 못을 감춘 채. 혀끝을 맴도는 침묵과 (사이)의 대사를 반복하며. 무대의 끝에서 끝까지 달려갔다가 멈췄다가 다시 달려가게 되어 있지. 절망과 좌절의 척추 뼈를 늘이며 무대를 왕복하는 사이 시간이 멈추고 대본의 낱장이 앞뒤로 넘어가고 무대의 막이 찢어질지도 몰라. 누가 나의 대역인가. 일인다역은 이제 질렸지. 다인일역도 마찬가지야. 목소리를 바꾼다고, 몸짓을 바꾼다고 역할이 달라지는 것은 아니야. 달라져야 했다면 이미 달라졌겠지. 모든 발목이 노란 구름에 물려 있어. 내가 다른 역할을 해도 뒤를 돌아볼 수는 없지. 이렇게 전진하면서. 무대의 인물은 언제나 전진뿐 후퇴는 있을 수 없지. 설령 뒤를 돌아본다고 해도 뒤돌아선 채 뒤로 걸으며 전진하는 거지. 내가 언제 대사를 까먹을까 기다리고 있다는 것도 잘 알고 있지. 그럴 수 있다면 대사를 완전히 까먹고 싶지. 전혀 다른 대사를 아무렇지도 않게 가져올 수도 있지. 나는 그렇게 누군가 등장해야만 시작될 대사를 이미 말하고 있는지도 몰라. 인물보다 목소리가 먼저 등장할 수도 있는 거지. 오로지 무대가 원하는 것은 그것이 아닌가. 목소리도 몸처럼 움직이는 거지. 목소리가 몸이 될 때까지. 무대의 막이 벗겨지기까지.

(호흡하고)

도대체 무대의 막이 몇 겹이야. 막이 있기나 한 거야. 나는 함부로 대사를 구사하지 않아. 언어 연기로 자신을 감추지는 않을 거야. 오로지 몸짓 연기로. 언어 연기도 몸짓 연기의 일부라는 것을. 몸짓을 할 때 나는 이미 나의 몸을 떠나 있지. 그래 봤자 무대를 벗어나지 못하지만. 벗어나지 못한다고 해도. 벗어나지 못하니. 몸에 가까운 몸짓 연기를 하는 거지. 저길 봐. 계속 보고 있었지만 다시 봐. 저 녹슬고 헐거운 구멍. 냄새가 어떤지는 알 수 없지만. 코를 들이대지 않고도 냄새를 맡을 수 있지. 냄새야 아무래도 상관없지만. 싱싱한 냄새를 우적우적 씹어 먹으며. 저 구멍을 보란 말이지. 벽이 갈라지게 생겼어. 벽의 몸이 꿈틀거린다. 못 구멍 밖으로 적록색의 시간이 흘러내리고 있다.

(호흡하고)

남자가 나이트가운 걸쳤다. 여자가 남자의 가운 자락을 잡았다. 봐요. 피를 흘려요. 피를 본 게 얼마만인지. 거의 처음 본 거나 다름없어요. 여자는 서투른 대사를 남발하기 시작한다. 바늘로 찔러도 피 한 방울 나오지 않던 그였는데. 아니 바늘로 찔러본 적은 없지만. 어떻게 바늘로 찌를 수 있겠어요. 그런 상상은 했지만. 그런 상상을 할 때마다 바늘로 찔리는 건 그가 아니라 나였어요. 나란 말이지. 나는 그런 사람이지요. 그러면 도대체 그는 어떤 사람일까. 사람이 맞나. 당신은 또 어떤 사람인지. 당신이 사람이라고 믿을 수 없어. 당신은 아무런 반응도 하지 마. 왜 아무런 반응이 없는 거지. 그러니 당신은 사람도 아니야. 찔러야 한다면 어디를 찔러야 할지. 찔렸다면 어디가 찔린 건지. 그것이 나를 괴롭게 만들었어요. 말을 더듬지도 않고 다리를 절룩거리지도 않고 오로지 산 입에 거

미줄을 치고 멀쩡한 다리가 퇴화되도록 누워 있는 그를. 그는 그가 맞나요. 사람이 아니라도 상관없어. 중요한 건 그가 입을 다물고 걷지 않고 있는 거지. 죽음을 연습하고 있는 거지. 당신의 죽음을 대신 살고 있잖아. 누워서 천장을 바라보면서. 그것을 지켜볼 때마다 내 머릿속에서는 몇 번이고 우주가 폭발했어요. 아, 정말이지. 머릿속에 우주의 피가 가득 찬 것만 같아요. 바늘로 찔러야 한다면 내 이마를 찌르겠어요. 피가 터져 나올 거야. 방 안이 피로 가득 찰 거야. 그의 목구멍, 그의 발꿈치가 피로 절여질 거야. 봐요. 눈이 있다면. 눈을 뜨고 있다면. 그의 바지가 줄어들고 있어요. 발목이 밖으로 나와 있어. 저 탄력 없고 메마른, 푸르뎅뎅한 살덩이. 바늘로 찔러도 바늘이 구부러지거나 녹아들고 말걸. 그의 발목을 잡아끌고 나가요. 발목이 쑥 빠지고 말걸. 그래도 당신은 아무런 반응이 없을 거야. 반응을 숨길 거야. 당신은 그런 사람이지. 두 발로 땅을 딛고 서서 방을 노려보면서 방 안의 것들을 조롱하고만 있지. 방 안의 것들이 당신을 조롱하기를 기다리다가 지치면 은근슬쩍 그렇게 방 밖으로 나가는 거지. 바깥으로 몸을 숨기는 것일 뿐. 혁명은 무슨 얼어 죽을. 그 순간 남자의 얼굴이 푸르뎅뎅하게 질리는 것이다. 남자가 언제 혁명이라는 말을 했던가. 나는 혁명을 위해 밤의 세계로 들어가는 것이오. 오로지 미쳐 날뛰는 밤의 세계를 전복할 혁명을 위하여. 모든 것의 바끝으로 몸을 던지는 것이오. 몸을 던진 뒤 더 이상 움직이지 않는 것. 멈춘 것이 아니라 잠재적인 움직임에 온몸을 맡긴 채 움직이지 않는 것. 혁명을 위한 착각의 완성. 착각을 위한 혁명의 완성이오. 완성의 상태이오. 남자는 이렇게 말하고 싶어도 이렇게 말할 수 있는 사람이 아니다. 여자는 너무나 그것을 잘 알고 있다. 잘 알고 있으면서 남자의 목구멍을 바늘로 찌르고 만 것이다. 바늘이 남자의 목구멍을 뚫었다. 목구멍에 언어의 바늘이 꽂힌 채 남자는 휘청거리고 있다. 남자는 손바닥이 얼얼해질 정도로 여자의 얼굴을 후려치고 싶을 것이다. 여자는 그렇게, 말로 남자의 발목을 잡고 있는 것이다. 남자가 자신의 나이트가운을 고집하는 것만큼 시간이 정지한다.

(호흡하고)

우리가 노란 구름 아래 누워 늙어갈 수만 있다면 늙어가야 하지만. 늙을 때까지 노란 구름이 우리의 머리 위를 지켜줄 수 있을지 알 수 없다. 확신할 수 없는 불확실한 세계의 불안 속에서 우리는 염소처럼 한가하게 풀이나 뜯고 있어야만 할까. 누가 우리 밑에 누워서 우리의 바닥을 들여다볼 수 있을까. 차라리 흙 위에 떨어진 돌 조각을 골라내 씹으며 혀를 단단하게 만들어야 하는 것이 아닐까. 늙어갈 수 있다면 그렇게 늙어가는 것이다. 나는 그들이 언어 연기에 몰입할 때마다 알아듣지 못하는 소리로 중얼거리는 것이다. 알려고만 한다면 알 수 있을 것이다. 부족하면 부족한 대로. 충분하면 충분하게. 부족한 상태로 충분하게. 척추 뼈를 조금만 더 늘일 수 있다면. 언제까지 이렇게 누워서 만약에,라는 단어를 숨긴 채 바라지도 않는 것을 바라고만 있어야 할까. 문제는 내가 바라는 것이 있거나 없거나 하는 것이 아니라 누워 있다는 것이 아닌가. 몸을 일으켜야지. 곧 일어날 것이다. 등장을 위하여. 무대와 하나가 되기 위하여. 남자는, 하지만 달리 그럼에도 불구하고 다 그런 것이 아니겠는가, 하는 표정으로 무대 반대편으로 몸을 돌렸다. 여자의 손이 바닥에 떨어졌다. 바닥에 달라붙었다. 여자는 두 번 다시 혁명이란 말을 입 밖에 내지 못할 것이다. 이제 혁명도 소용없다는 것을. 여자가 먼저 꺼낸 그 말은 이제 시효가 만료됐다는 것을. 혁명이 얼어붙었다는 것을. 착각과 혁명은 자리를 바꿀 수 없다는 것을. 바닥도 얼어붙었다. 바닥이 쩍 갈라졌다. 말 머리 모양의 모형 말이 울어댔다. 미쳐 날뛰었다. 닫힌 문을 열고 남자가 바깥으로 나갔다. 문이 닫혔다. 벽이 허물어졌다. 못 구멍 자리가 어디인지 찾을 수 없었다. 나의 이마에 피딱지가 생겼다. 이마의 상처가 나의 메타포 되었을 때 나는 서서히 몸을 일으킬 것이다. 일어나라. 걸어라. 쓰러져라. 일어나지 마라. 걸어가지 마라. 쓰러지지 마라. 시효가 만료된 혁명이 불가능한 상태로 유효하다면. 얼어붙은 혁명을 녹일 수 있는 방법이 있다면 이런 것이다. 뭐든지 처음이 어려운 법이다.

(호흡하고)

나는 오래도록 보행의 첫 걸음을 생각해왔다. 어떤 근육과 뼈를 움직여야 되는지 발가락을 꼼지락거리며 연습을 했다. 마비된 몸을 천천히 풀었다. 손톱과 머리카락이 자랐다. 근육들이 꿈틀거리고 혈류의 속도가 빨라졌다. 뼈가 늘어나는 소리가 뇌를 울렸다. 뇌의 주름이 물결쳤다. 생각의 좌표를 읽을 수 있게 되었다. 너무나 오랫동안 누워 있었다. 누워 있는 사이 우주가 얼마나 많이 폭발했는가. 새로운 행성이 탄생하고 소멸하고 기억으로 남았는가. 우주의 껍질과 잔해들이 무대의 바닥에 떨어졌다. 손에 닿는 부위마다 가려웠다. 노란 구름 아래 누워 우주의 기억을 되새김질하면서 늙어가고 있었다. 도대체 우주를 몇 바퀴 돌았는가. 더없이 희미한 색채로, 한없이 더딘 속도로 빛이 명멸했다. 걸음을 잊은 채. 말을 잃은 채. 걷기 전에 말하고. 말하기 전에 걷고. 침묵의 보행자. 비보행의 말꾼. 가시오. 서시오. 말하시오. 입을 닥치시오. 말과 보행에는 언제나 연습이 필요한 법이다. 몸을 눕혀놓고 입을 다문 채 무중력의 무대 위를 걸어 다녔다. 몽유와 사유의 짝짝이 구두를 신고. 모든 구두는 짝짝이가 아닌가. 비유의 구두끈을 풀고. 언제 구두끈이 풀렸는지 모르겠다. 끈이 풀렸어도 구두에 발등이 조여온다. 모든 구두가 발에 맞지 않는다. 발이 구두에 맞춰지는 것이지 구두가 발에 맞춰지는 것은 아니다. 그것이 시간 보행자의 보이지 않는 구두라면 더더욱. 발등이 부어오른다. 발등이 부어오를 때까지. 발목이 자라난다. 구두 속에서 발이 달라질 때까지. 몽유와 사유의 절름발이로서. 개펄 개펄. 걸어야지. 구두를 벗고. 구두 속의 구두를 생각해야지. 발은 구두다. 또 다른 몽유와 사유의 뻘밭 속으로 걸어 들어가기 위해. 순식간에 진창의 무대에 발목을 넣었다 빼야지. 그렇게 발을 단련시키고 무대의 탄력을 유지해야지. 모든 무대는 진창이 되리라. 진창의 무대 속에 불완전한 발목을 완전히 빼앗기리라. 빼앗겨야 생각할 수 있는 것이다.

(호흡하고)

이 혹한의 겨울. 무엇이 우리를 발가벗겼는가. 이게 마지막 등장인물의 마지막에서 두번째 대사가 될 수 있기를. 인간의 행동에는 언제나 원인과 결과가 있지. 결과가 먼저 나오더라도 원인이 뒤따르게 마련이고. 그것을 증명하고 배반하기 위해. 배반도 증명에 불과하더라도. 결과 없는 원인. 원인 없는 결과를 위해. 걷기 전 일어나 앉아야지. 이렇게 계속 누워 있을 수 없지. 누워 있어도 상관없지만. 계속 누워 있어도 누가 뭐랄 사람은 없겠지만. 누가 자꾸 발로 나를 차고 있는 거야. 그들은 일찌감치 나를 포기하지 않았는가. 왜 아직도 포기를 못 하는가. 아직 내가 일어나기를 기대하고 있는 사람이 있다면 의자를 끌어당겨 앞으로 와라. 나의 연약하고 마른, 사유와 몽유의 각질로 뒤덮인 발의 치수를 가늠해보아라. 그리고 고개를 숙여 당신의 발을 쳐다보아라. 공간에 지배당하고 공간을 지배하는 탈시간의 걸음을 떠올려보아라. 한 번쯤은. 아니 한 번이 영원이 될 수 있도록. 한 번도 그런 적이 없으니 단 한 번이면 충분하다.

(호흡하고)

서로의 억양과 걸음걸이에 대해 생각하자. 같은 가짜를 위해 허구의 낱말을 남발하며 거짓의 몸짓으로 과장하자. 물러서지 마라. 물러서지 말아야지. 물러서는 것도 물러서는 것이 아니라는 것을 잊지 말아야지. 가짜 대본으로 진실을 실연해봐야지. 얼어붙은 혁명을 깨뜨리기 위해. 무모하게. 얼어 죽더라도. 얼어 죽을 때까지. 동결 건조된 불순물을 녹여야지. 퍼뜨려야지. 모든 혁명은 불순하다. 불순해져야지. 발가벗기고 발가벗어야지. 나만 벗겨놓고 당신은 왜 벗지 않나요. 하지만 나는 부끄럽지 않아요. 오히려 당신이 더 부끄럽게 느껴져요. 그 더럽고 냄새나는 지긋지긋한 껍데기를 벗어던져요. 더 이상 이런 대사가 허용되지 않도록. 입을 막아야지. 누가 손으로 입을 막으면 그 손을 물어뜯어라. 아직도 기대하고 기다리고 있는 사람이 있다면. 사람을 위해. 사람이 아니더라도. 사람이 아니기를. 일어나야지. 짝짝이 구두로 인해 나의 발이 달라졌다는 것을 증명하기 위해. 무대의 발자국을 지우기 위해. 발자국은 발자국으로 지워야지. 일어나야지. 걸어야지.

(호흡하고)

먼저 상체를 일으키는 게 맞겠지. 누운 채 다리를 들어 올릴 수는 없으니. 그것이 얼마나 무모하고 힘든 일인지. 생각이 행동을 지배하기 전 다리를 한 번 들어 올렸다가 내린다. 그 반동으로 상체를 어렵지 않게 세울 수 있을 것이다. 다리가 바닥에 닿기 전 손으로 힘을 줘야지. 왼손. 오른손. 어느 것으로 먼저 바닥을 짚을까. 나의 왼손과 오른손은 생김새뿐만 아니라 색깔과 온도와 감촉이 다르지. 눈 속에서 얼어붙는 냄새도 다를 거야. 언제나 왼손과 오른손을 잡아주고 놓아주고 뿌리치는 손의 주인은 달랐으니까. 왼손이 좋아하는 것을 오른손은 좋아하지 않고 왼손이 지시하는 것과 오른손이 지시하는 것은 달라. 가끔은 왼손이 오른손을, 때론 오른손이 왼손을 지시하기도 하지. 그렇게 서로를 배반하면서 인정하고 있는 거야. 왼손과 오른손이 나 몰래 서로를 잡고 있는 것도 잘 알고 있지. 둘을 맞물리게 하는 것만큼 떼어내는 것도 쉽지 않아. 이럴 때마다 손이 하나라면 얼마나 좋을까 생각하는 거지. 손이 하나밖에 없는 사람이 손이 두 개라면 얼마나 좋을까 생각하는 것처럼 말이야. 둘 중의 하나를 선택하라고 할 때마다 아무것도 포기하지 못하지. 양손으로 바닥을 짚는 거야. 어정쩡하고 부자연스럽고 어색하고 이건 뭔가 아니다 싶지만 유지해야지. 이렇게라도. 아니 이렇게 몸을 일으키는 거야. 팔꿈치를 펴고 손목에 힘을 주는 거야. 손바닥과 방바닥이 서로를 밀어내고 있지. 한쪽 어깨가 올라가면 다른 쪽 어깨가 내려가겠지. 어깨로 평형을 유지하는 것은 힘들 거야. 힘드니 도전해볼 만하겠지만. 보행을 위해 평형이 필요한 것은 아니지. 평형을 위해 보행이 필요한 거야. 허공에 매달린 밧줄을 잡고 일어나야지. 밧줄이 왜 두 개나 매달려 있을까. 어느 것이 무대의 막을 올리고 내리게 만드는 것인지 알 수 없지. 무엇을 잡든 그것이 같은 결과라고 하더라도 선택과 판단을 쉽게 내릴 수 없지. 선택을 하고 나서 판단을 해야 하는 것인지, 판단을 한 뒤 선택을 해야 하는지. 이런 헛된 속임수로 세계는 인간을 괴롭히고 인간은 세계로부터 괴롭힘을 당하기를 기다리고. 이런 경우에 인간은 종종 대상을 망각하고 자신을 생각하게 되지. 생각의 굴을 파고 숨어 들어가는 거지. 생각의 토양을 씹어 먹으며 연명하는 거지. 자신이 왜 팔을 들어야 하는지 잊은 채 어느 쪽 팔을 들어 올려야 하는지 궁리하게 되는 거야. 어째서 내가 팔을 들어 올리려고 했을까. 그렇다면 어느 쪽 팔을 들어 올려야 할까. 그리고 인간은 왜 팔을 들어 올려야 하는가. 팔을 들어 올리고 싶지만 어느 쪽 팔을 들어야 할지 아직 못 정했지. 양팔을 들어 올릴 수는 없겠지. 그렇게 하고 싶지만 불가능하다는 것도 잘 알고 있지. 아무것도 판단할 수 없다고 해도 다수의 선택에 따를 수는 없지. 양쪽을 다 갖고 싶은 것이 아니라 양쪽을 다 포기할 수 없는 거야. 오른쪽 엉덩이와 왼쪽 엉덩이가 들썩거린다. 좌뇌와 우뇌가 흔들린다. 팔다리가 아직 따로 놀고 있으니. 완전히 따로 놀 때까지 기다리는 거야. 처음부터 쉬운 것이 어디 있겠어. 계속 어려워져도 할 수 없지. 할 수 없는 것이 아니라 할 수 없음을 끌고 이 상태로 가는 거야. 다시 누우려 들지 말고. 나는 왜 양팔을 들어 올리려다 만 거지. 허공을 움켜잡다가 놓아준 거지. 팔은 내버려두고 다리를 움직이자. 다리가 움직이면 팔도 따라 움직일 거야. 바닥이 축축해지기 전에 엉덩이로 바닥을 뭉개며. 무릎을 적당히 구부리고. 얼마큼이 적당한 건지 모르지만 구부려보자. 동그란 무릎의 안쪽과 바깥쪽을 번갈아 만지며, 마치 남의 무릎을 더듬으며 손을 무릎 아래로 움직일 것인가 무릎 위로 움직일 것인가 심각하게 궁리하면서, 무릎의 위아래에 따라 얼마나 다른 결과가 생기는지 생각하면 생각할수록 놀라울 따름이다. 일어날 준비를 하자.

(호흡하고)

일어나기 전에 다시 한 번 둘러보자. 내가 놓여 있는 무대. 녹슬고 금이 간 무대. 무수한 발자국이 찍혀 있는 무대. 도르래 소리가 멈춘 무대. 무대로 올라오는 자들과 무대에서 쫓겨난 자들과 무대를 바라보는 자들. 그리고 영원히 무대의 바깥으로 사라진 사람. 그 사람이 나이기를 바란다. 무대의 바깥에서 길을 잃은 사람. 길을 잃어야만 하는 사람. 길을 잃게 되어 있는 사람. 길을 잃을 수만 있다면. 무대의 바깥으로 나갈 수 있다면. 무대의 바깥이 또 다른 무대가 아닌 말 그대로 바깥이라 해도. 나는 무대의 바깥으로 나갈 수 없을 것이다. 이미 길을 잃었지 않은가. 길을 잃은 채로 무대의 바깥으로 나가야 할 것이다. 길을 잃어야만 무대의 바깥으로 나가는 사람. 누구도 나의 걸음걸이와 목소리를 흉내 낼 수 없을 것이다. 아직 나는 걷지도 말하지도 않았다.

(호흡하고)

내가 걷는 것을 보고 내가 말하는 것을 들었다면, 얕은수로 얕잡아보지 마라. 너는 계속 걸으며 쉬지 않고 말하고 있지 않았는가. 오만 가지 인상을 찌푸리며 더 이상 견딜 수 없는 것을 견디지 않을 거야,라며 부정의 몸짓으로 등을 보이며 떠나는 관객들도 있을 것이다. 떠나야 하는 자들이 왜 아직도 붙어 있었는지 의아할 따름이다. 떠나야 했다면 나의 목소리가 들리기 전, 구부러지기 전, 의자에 엉덩이를 붙이고 앉지도 말아야 했다. 인물의 어처구니없는 실수에 어설픈 실소를 터뜨리지도 말았어야 했다. 나는 걷고 말하고 있었는가. 그렇게 봤다고 치자. 그것은 너무나 고전적인 수법의 무대 착시현상에 불과하다. 어떤 관객도 지속적으로 무대만 지켜볼 수는 없는 법이다. 그렇지 않은가. 두 눈을 멀쩡하게 뜨고 무대를 뚫어져라 보고 있어도 시선은 무대에 고정되지 못한다. 무대에서 시선을 이동하는 사이, 시선이 무대 밖으로 미끄러지는 사이 속임수가 벌어지는 것이다. 속는 자는 언제나 눈을 뜨고 있어도 속기 마련이다. 자신이 속은 것을 뒤늦게 알고도 모른 척하며 뒤늦게 일부러 속아주었다고 둘러댄다. 그렇게 뻔뻔해지는 것이다. 좀더 뻔뻔해지기를. 그렇게 속이고 속아주기를. 요약을 좋아하진 않지만, 요약하면, 이것이 가짜 무대에 던져진 가짜 인물이 들고 있는 가짜 대본의 테마이다. 이것을 말해버렸으니. 대단한 비밀이랄 것도 없지만. 그렇다면 가짜 대본은 더 이상 무용한 것일까. 중요한 건 테마가 아니다. 테마 따위가 무슨 소용이란 말인가. 몸짓과 목소리. 일어나기와 말하기로 돌아가야 한다. 얼어붙은 혁명을 녹이기 위해. 무대를 위한 혁명. 혁명을 위한 무대. 노란 메타포. 이렇게 쉽게 말하고 말다니. 말하고 말았으니. 이건 쉽게 말할 수 없는 것이다. 얼어붙은 혁명을 이렇게라도 녹일 수 있다면. 서둘러라. 더 얼어붙기 전에. 산산조각 나기 전에. 관객은 아무것도 기다리지 않는다. 눈앞에 상황이 노출되기 전까지는. 그것이 혁명을 위한 상황이라고 판단하기 전까지는.

(호흡하고)

내가 일어난다면. 걷는다면. 말한다면. 무대는 사라질 거야. 내가 말없이 누워 있을 때만 무대가 지속되지. 지속되게 마련이지. 미련. 돌아봄. 머뭇거림. 일어나다 말기. 일어나는 도중에 멈추기. 일어나려고 한 것인지 누우려고 한 것인지 모르게 자세를 낮추고 정지하기. 화석이 된 보행. 무대를 이미 점령하고 있는 인물이라면 함부로 일어나거나 입을 열지 않겠지. 무대에 인물이 점령당하고 있다. 허술한 무대의 끈적끈적한 구덩이에 인물의 발목이 빠져 있다. 발목을 뺄 수 있다면 빼야 할까. 한없이 밖으로 축소되고, 안으로 확장되는 무대 위에서. 속에서. 속임수에 속아 넘어가며. 속아 넘어갈 수 있게. 오른쪽 엉덩이와 왼쪽 엉덩이가 서로를 위로하듯 달라붙어 있다. 무대가 사라지건 말건. 아니 무대가 사라지기를 바라며. 무대가 어떻게 사라지겠는가. 무대는 달라질 뿐 사라지지 않는다. 허리를 구부리고 엉덩이를 들어 올린다. 엉덩이가 벌어진다. 누군가 나의 엉덩이를 보고 있다는 생각이 들어도 뒤를 돌아볼 수 없다. 이제 뒤를 돌아보지 말아야지. 오른손으로 오른 발목을 왼손으로 왼 발목을 잡는다. 꼭 이런 자세를 취해야만 몸을 일으킬 수 있는 것은 아니지만 무리해본다. 몸을 더 자연스럽게 일으킬 방법이 있다 해도 일어남은 언제나 부자연스럽게 보일 것이다. 좀더 부자연스러운 동작과 방법이 자연스러움을 유도할 때까지.

(호흡하고)

머리에 피가 몰린다. 머릿속 뒤엉킨 혈관 속으로 들을 수 없는 말들이 지나간다. 여기까지 듣고 나머지는 알아서 들어도 좋고 듣지 않아도 좋다,라고 가짜 대본은 증명하고 있다. 허리에 힘을 준다. 힘이 들어가지 않는다. 힘을 들이지 않고도 일어난다. 이렇게 쉬울 수가. 쉽다고 느끼는 순간 현기증이 일어난다. 몸이 휘청거린다. 무언가를 잡고 몸을 기대는 시늉을 한다. 몸이 허공에 미끄러진다. 미끄러지는 것이 아니라 몸을 밀어내고 있다. 다시 주저앉히려고 한다. 주저앉히고 나서는 눕게 만들겠지. 다시는 일어날 생각을 하지 못하게 만들겠지. 단념하라. 단념하라. 체념하라. 기념하라. 네가 영원히 바닥에 깔아졌음을. 바짝 마른 입술의 양 끝에 언어가 걸리겠지. 나를 눕혀놓고, 영원히 바닥에 등을 붙여놓고 또다시 어떤 음모와 술수를 꾸미려 드는 거지. 나를 밀어내는 허공에 저항하기 위해 몸을 웅크린다. 호흡이 가빠진다. 호흡. 호흡. 호흡. 더 많은 호흡을 다오. 호흡의 춤을. 호흡의 노래를. 호흡의 무대를. 호흡한다.

(호흡을 멈추고)

심장에, 그것이 어디 있는지 정확히 모르지만, 손을 댄다. 손아귀에 힘을 준다. 가슴살을 뜯어내고 심장이라 부를 만한 것을 잡아 뽑는다. 그것을 손에 쥐고 발이라 부르는 기관을 들어 올린다. 들어 올린 채로 잠시 멈춘다. 인류의 첫 보행자는 누구였을까. 가장 복잡하고 애매모호한 관능의 몸짓을 처음으로 시작한 인간은. 한번 시작하면 끝낼 수 없는 걸음. 걸음마다. 진동과 파장. 그리고 전율. 독백의 첫 걸음. 나는 손에 든 핏빛 대본으로 얼굴을 가린다. 이제야 사람의 신체 중 가장 부끄러운 것이 얼굴이라는 것을 알게 된다. 입을 가린 채, 가려진 입을 열고 말한다.

(호흡을 멈추고)

입을 지운 입이 말한다. 목소리가 나올 때까지. 쥐어짜며. 호흡하며. 말이 목소리를 쫓듯. 힝요오,거리며. 너무 조용하다. 여전히 들리지 않는다. 끝내. 호흡을 포기하고. 막을 올려라."

2부
암전

누가 나의 등을 떠밀었는가. 등에 손이 닿지 않을 때 나는 또다시 노래를 잃고 빛 아래서 헤매고 있었다. 갈 길이 없었지만, 갈 길 몰라 하는 사람처럼 굴지는 않았다. 마냥 서성대는 것으로 이 누추한 삶을 지속할 수는 없었다. 그때였던가. 그때가 아니길 바란다. 누가 나를 불렀고, 뒤돌아봤고, 그사이 나는 등을 떠밀려 나왔다.

누가 나를 나라고 말하는가.

나의 이름은 곧 밝혀질 것이다. 이름을 알려주고 싶지만 그럴 수 없다. 아직 이름을 정하지 못했다. 잃어버렸다. 내가 사라지기 전에, 아마도 그보다 좀더 일찍 이름을 발견할 것이다. 되찾을 것이다. 그 이름은 이미 나의 이름이 아니겠지만. 다른 이름이 나의 주인이 될 것이다. 나에게 이름을 부여하겠지. 이름이야 뭐 아무래도 상관없지만. 나를 소개하기 위해서는 이름이 필요하겠지. 빌어먹을. 이름 따위가 나의 육체를 흐느적거리게 하고 정신을 갉아먹다니. 여전히 이름에 사로잡혀 있다니.

이름이라는 것이 있다면. 나는 오래토록 이름에 사로잡혀 있었다. 이름에 사로잡혀서 말하고, 이름에 사로잡혀서 움직이고, 이름에 사로잡혀서 노래했다. 노래하는 것은 나. 아무도 이름에 사로잡혀 있지 않을 때 나는 이름에 사로잡혀서 여기로 던져졌다. 도착했다. 도착한 것은 나. 누가 뭐라고 하든. 나는 내동댕이쳐졌다. 이름에 사로잡힌 죄로. 그것이 죄라며. 달게 받지 않을 테다.

나에겐 이름을 말할 자유가 있다. 그렇다면 이름을 숨길 여유도 있는 것이다. 이름을 알고 싶은가. 이름을 알기 전에 먼저 나를 봐라. 이게 나다. 나를 소개받고 싶어도 조금만 더 참아줘라. 일단 봐라. 역시. 보기 전에 아무것도 묻지 말고 말하지 말고 일어나지 말고 돌아서지 말고 바지 내리지 말고 울지 말고 침을 뱉지 마라.

누가 함부로 무대의 막을 올리는가. 여기가 무대인가. 내가 서 있는 곳이 항상 무대지만. 자, 내가 나왔다. 엄밀히 말하면 나온 것이 아니다. 나는 항상 무대에 있었다. 다만 나타나지 않았을 뿐. 있으나 마나 한 태도로 일관하는 인물들의 몸짓과 말짓에 가려져 있었을 뿐. 인물들은 무대 뒤에서 벗겨진 무대, 즉 관능의 무대를 실연하기 위해 몸과 혀를 풀고 있다.

과연 그러고 있을까. 암전의 막간극을 나에게 떠맡기고, 막간극이 이 무대의 실체지만, 텅 빈 무대로 남겨두고, 그게 가능하다면 그렇게 되길 나 역시 바라지만, 이미 사라져버린 것이 아닌가. 수치심을 억누르지 못하고 모두 벌거벗은 채 몸을 섞은 뒤 영혼까지 섞겠다고 욕심을 부리다 질식한 것 아닌가. 차라리 그렇게 되었다면 하는 마음도 없지 않지만, 가짜 대본의 가짜 인물이 지워진 것이 아닌가. 물론 가짜가 지워진 자리에 진짜가 남는 것은 아니라고 해도. 이제 남은 것은 나. 남아도는 것은 나의 목소리.

그렇다면. 그렇다고. 그러니까 나를 봐라. 관능의 무대가 열리기를 기다린다면. 기대한다면. 아무것도 기대하지 않을지라도. 아무것도 기대하지 않는 기대감을 충족시켜주겠다. 나의 출현을 지켜봐라. 봐. 보세요. 보아요. 봐주세요. 한쪽 눈만 뜨고 있어도 상관없다. 한쪽 눈으로 본 것을 다른 쪽 눈으로 지워라.

모든 소리를 먹어버리는 소음의 소용돌이
앉지도 서지도 못하는 엉거주춤의 왕
입 모양과 목소리가 다른 복화술사
자연계를 유린하는 노래광대

나의 정원에는 식물로 깎아 만든 동물들이 뛰어놀고. 식물 동물이 싸질러놓은 배설물에서는 광채가 나지. 나의 짝짝이 구두에는 언제나 식물동물의 배설물이 묻어 있어. 아니 그건 배설물로 만든 구두라고 해야겠지. 푹신거리는 구두를 신고 무대가 기울어질 때까지 서성여야지. 그것이 나의 유일한 존재 증명. 그것이 나의 독보적인 부재 증명. 무대는 동물성과 식물성 배설물로 뒤덮일 것이다.

가짜 대본의 필경사들이 나의 밤과 낮을 더럽히고 있지. 밤과 낮의 경계에서만 나는 존재하지. 밤과 낮의 경계는 매번 달라지고. 경계를 기다리느라 나는 밤과 낮을 구별하지 못할 정도로 지쳐 있어. 육체가 지칠수록 정신이 또렷해지는 거야. 나는 내가 나타날 때를 너무 잘 알고 있어. 내가 나타날 때 비로소 밤과 낮의 경계가 생기는 거야. 밤과 낮, 곧 그것이 나의 오른쪽 구두와 왼쪽 구두야. 오른쪽 구두와 왼쪽 구두를 어떻게 구별할 수 있을까. 한번 구두를 신으면 벗을 수 없지. 그게 나의 한계야. 자존심이야. 찬란한 나의 착란이여. 돌아오라. 돌아오는 것은 없고. 돌아온 것은 오직 나. 여기서 계속 돌아온다. 낮의 태양이 더 어둡다는 것을. 증명하기 위해. 몸으로. 몸짓으로. 말로. 말짓으로. 나는 열등한 노래광대. 나의 유일한 적은 파도가 아닌 파도의 푸른 곡선을 부르는 목소리.

식물동물의 배설물로 가득한 무대가 솟아오른다. 봐라. 아무도 보지 않는군. 모두가 떠나버렸어. 언제나처럼. 나는 모두가 자리를 비운 사이에만 출연하지. 등장이 아닌 출연이야. 출연이 아닌 출현이야. 출현. 필경 예고 없이. 나타났다. 그래도 누군가 나의 출현을 기다리고 있었다고 믿는다. 나 역시 나의 출현을 기다리지 않았지만. 믿지 않을 수 없지. 믿음에 대해 생각하면 골치만 아플 뿐이야. 생각하고 싶지 않아. 생각은 나와 어울리지 않아. 모든 생각이 웃음을 유발하게 만들어야 돼. 웃음에 인색한 자들까지 웃게 만들어야 돼. 앞에서 웃지 않아도 혼자 있을 때, 가령 벌거벗은 채, 항상 몸에 지니고 있으면서도 새삼스럽다는 듯 배꼽 밑에 달려 있는 그것, 달려 있거나 찢어진 것. 그게 뭐든지 간에. 신기해서 한 번쯤은 잡아당겨보거나 벌려보거나 했던 것. 안 그렇다고 말하지 마. 갑자기 머릿속을 스치고 지나가는 것. 이마를 뚫고 나오는 단어. 작은 흠집과 커다란 울림. 한 번도 가져본 적 없지만 되찾은 이름. 나는 그것을 이제 마라롱이라 부르겠다. 부르면 지식이 되는 이름. 각자의 마라롱을 내려다보고 있을 때 우연히 웃음이 터져 나오게 만들어야 돼. 인간들을 웃다 죽게 만들어야 해.

더 낮은 곳에서 더 먼 웃음을
마라롱이 쭈글쭈글해지거나 너덜너덜해지기 전에

나는 익살꾼이다. 불건전한 정신에 불완전한 육체를 소유한 익살 폭탄. 무대의 골칫덩어리. 무대가 폭발하기 전까지는 사라지지 않는. 내가 없다면 애초에 이 무대가 존재하지 않는다는 것을 알게 될 거야. 달리 말하면 나의 부재가 무대를 증명하고 있는 거야. 그러니 나를 피하지 마. 이미 등을 돌리고 피했다면 돌아선 채 귀를 기울여라. 이제 보지 말고 들어라. 나는 하나의 목소리, 무대를 찌그러뜨리는 소음으로 드러날 것이다.

듣고 있다면 나에 대한 소개를 할까. 정식으로. 예의를 갖추고. 한 번도 예의를 갖추고 정식으로 나를 소개한 적이 없는데. 내가 언제 나에 대해 말한 적이 있었나. 지금까지 내가 말한 것은 잊어라. 소개를 해야지. 목소리를 듣기 좋게 찌그러뜨리며. 소개를 시작하기엔 시간이 턱없이 모자란다. 시간은 멈춰 있지만. 밤과 낮의 경계는 모호하기 짝이 없지만.

나의 낮에는 노란 구름이 지나가고 나의 밤에는 노란 버섯이 자란다. 그 반대일 때도 있고. 암, 그렇지. 이런 말투는 어디서 배웠을까. 배운 대로 써먹는 것이 나의 유일한 긍지. 눈치챘겠지만 이것은 누군가의 대사이다. 나의 말이 아니란 뜻이다. 그렇다면 나의 말은 무엇일까. 과연 나의 말이라는 것이 가능한가. 노래를 부르기 전에는 가능한 것만 찾아 헤맸지만 노래를 부르기 시작하고 나서는 가능이 불가능하다고 믿으며 불가능한 것에 탐닉하게 되었다. 나의 탐닉. 나의 즐거움. 말은 불가능하고 노래는 부를수록 발가벗겨진다. 불가능의 으뜸은 말이다. 모든 말이 누군가 발설한 대사가 아니면 무엇이냐. 말의 모가지를 비틀고 말꼬리를 붙잡고 늘어지듯 우리들은 모두 남의 말을 자기의 말인 양 가로채서 사용하고 있다. 언어 사용법도 익히지 못한 말 도둑들. 날강도들. 아, 말이 싫지만 끊임없이 말을 해야 하는 운명. 그게 나다. 대표성. 사교성. 우쭐거림. 껌처럼 늘어나는 말. 미역 줄기 같은 말. 마라롱같이 늘어났다 줄어들었다 넓혀졌다 좁아지는 말. 분비물. 한없는. 겨우. 불능의. 잠재적인. 점진적인. 텅 빈. 언어 다발들. 가짜 페이지들. 나는 말하고 나는 듣지 않는다. 그렇다면 노래란 무엇인가.

이쯤에서 말을 그만둘까. 노래를 포기해야 할까. 아니 그럴 수야 없지. 나는 아직 한 번도 나에 대해 말한 적이 없으니. 부른 적이 없으니. 단 한 번이라도 나에 대해, 이 가짜 무대에 대해 제대로 말할 수 있을까. 부를 수 있을까. 말할 수 없으니. 불러도 불리지 않으니. 실패하게 되겠지만. 나의 입을 막을 수 있는 것은 오로지 나의 손뿐이지. 손으로 입을 막아도 손가락 사이로 말들이 새어 나갈 뿐. 그러니까 나의 말은 오로지 나의 노래로 막을 수밖에 없다는 이 말씀.

예의를 갖추자. 이것이 마지막 출현이라고 생각하자. 아니 생각 말고. 마지막 출현이다. 이제 무대의 막이 올라가든지 내려가든지 상관하지 않겠다. 알게 뭐냐. 나는 나에 대해 제대로 말하지 못하고 뒈져버리겠다. 내가 나를 지우겠다.

버섯 모자를 삐딱하게 쓰고 얼굴에 좀더 점을 찍고, 점 위에 점을 찍고, 나비넥타이를 목 뒤로 돌리자. 턱받이에는 침이 가득하다. 물론 나의 침은 아니다. 나는 침이 모자란 인간이다. 누가 나보고 인간이라 부르지. 나는 인간의 어리석은 몸짓과 말짓을 흉내 내는 노래광대다. 마라롱이다. 갑자기 튀어나온 말. 감추려고 애쓸수록 드러나는 말. 마라롱. 마라롱이라니. 마라롱, 이게 좋겠군. 지식이 나를 각성시키는군. 그래 이제 나의 이름을 알게 되었다. 나는 마라롱이다. 나, 마라롱이 말한다. 계속 말할 수 있다. 노래가 되는 말이 되기를.

머리 위로 노란 구름이 지나간다. 발아래서 노란 버섯이 자란다. 그런 노래가 있다. 마라롱은 노래의 영향 아래 있다. 멜빵을 하나 풀고 좌우가 바뀐 구두를 신은 채 서 있다. 앉아 있는 것 같기도 하다. 누가 마라롱을 출현시켰지. 그 누군가는 오직 마라롱이고. 마라롱이 마라롱을 마라롱이라고 부르고, 불릴 수 있는 근거는 희박하지만. 마라롱이 나타났다. 마라롱의 출현에 아무도 웃지 않다니.

어디선가 웃음소리가 들린다. 들려야 한다. 그것이 환청이라 해도, 환청이기에 기꺼이 기꺼운 마음으로 받아들일 수 있다. 웃음소리가 무대 위로 기어오른다. 마라롱의 발목을 잡고 늘어진다. 마라롱은 웃음에 걸려 넘어진다. 마라롱은 넘어진 채 말한다. 아, 이대로 웃을 수만 있다면 행복하겠다. 행복이라니. 또다시 말꼬리를 꼬고 싶지만 이쯤 해두자. 마라롱이 사라지기 전 웃음에 관한 역설을 말하게 될 것이다.

예를 들면, 이런 지시가 가능할 것이다. 관능과 웃음이 무관한 것처럼 웃어라. 관능과 웃음이 결합되는 순간 인간은 무대에 사로잡히기 시작한다. 눈으로 밑줄을 긋지 마라. 예를 든 것뿐이다. 웃음, 어쩌면 그것은 관능의 분비물에 불과한지도 모른다. 여기에 밑줄을 그어도 좋겠다. 웃음 앞에서는 뜻대로 되는 것이 하나도 없지 않은가. 웃음은 저 멀리 발로 차버리자. 바람 빠진 웃음을 찾아 관객들은 떠난 것일까. 관객들. 관능들. 관객보다 관능적인 인물은 없다. 망할 것들. 참을 수가 없다. 참지 마요. 참지 마요. 제발. 마라롱의 텅 빈 머릿속이 울린다. 노래로 가득 찬다.

마라롱
텅 빈 웃음
웃음에 취한 자
웃음에 흠뻑 젖은 자
웃음 흘리개

누가 웃고 있는지 말해다오. 아무나 웃어도 상관없다. 웃음 소리만 남아 있다면. 관객이 사라져도 웃음은 남아 있어라. 머물러라. 누런 이를 보이며 입술 아래 웃음의 분비물을 질질 흘리며 이 사이사이에 끼인 웃음 찌꺼기를 혀로 핥으며 웃음 의자를 무대 앞으로 끌어당겨라. 이름 하여 마라롱. 마라롱이 되기 전의 이름. 마라롱의 진짜 이름을 말할까. 어느 것이 진짜인지 모르지만 진짜인 척해야지. 그렇다고 쉽게 가르쳐주지 않을 거야. 아무리 어렵게 말해도 쉽게 받아들이겠지만. 목소리가 아닌 몸으로 말해야지. 어떤 이름은 크게, 어떤 이름은 작게 보일 수밖에 없지.

이름 그리기. 엉덩이라 불려왔던 신체 부위로 허공에 이름을 쓰고 지워야지. 이렇게. 요렇게. 쉽지 않아. 쉽지 않지만. 순식간에. 엉덩이 사이로 손을 감추듯. 엉덩이로 손을 밀어내듯. 써야지. 그려야지. 이름 흘리기. 얼룩을 남기며 마라롱의 이름을 더럽혀야지. 냄새를 풍겨야지. 쉽고 길게 말해야지. 마라롱의 이름은 더 이상 쉬울 수 없고, 한없이 길기만 한 이야기와 같다. 마라롱의 이름은 쓸 때마다 달라진다. 마라롱은 무대와 객석에 등장한 무수한 마라롱들과는 전혀 다른 마라롱이다.

마라롱은 사사롭지만 웃을 수밖에 없는 몇 가지 이야기를 알고 있다. 그 이야기를 하기 위해 출현한 것은 아니다. 왜 갑자기 이야기 타령인가. 지금까지 잘 버텨왔다고 생각한다. 마라롱은 원칙 없는 신념에 사로잡혀 있다. 신념은 이야기의 반대편에서 실현될 것이다. 무대에 이야기가 설 자리는 남아 있지 않다. 이야기로 무대를 유혹하지 마라. 무대는 그렇게 호락호락하지 않다. 이야기로는 무대를 전복시킬 수 없다. 알록달록한 이야기로 무대를 더럽히지 마라. 마라롱이 무슨 이야기를 할 수 있겠는가. 설령 이야기를 들었다고 하더라도 그것을 이야기라고 받아들일 수는 없을 것이다. 다만 이야기를 알고 있다는 것뿐. 발화되지 못한 이야기가 진짜 이야기다.

모든 것이 연극이다.

이 말은 누가 했지. 어디서 들려온 거지. 이 말은 노래가 될 수 있을까. 마지막 대사인데 너무 일찍 말하고 말았다. 이 대사와 함께 마라롱은 사라지게 되어 있었는데 어떤 성급함이 무대를 너무 일찍 전복시키려 하고 있다. 무대야 어느 때나 전복되도 상관없지만. 과연 전복이 될 수 있다면 어느 때이든 상관없다.

마라롱은 출현에 실패한다. 대사를 너무나 일찍 발설한 나머지 뒈져버려야 할지 모른다. 퇴장이 아닌 죽음으로, 과연 무대에서의 죽음이란 무엇을 말하는 것일까, 출현을 정지당해야 한다. 마라롱이 뒈져버렸다. 이제 막은 올라가지 않는다. 관능의 무대는 도래하지 못한다. 죽은 척하기. 엄살 부리기. 마라롱은 말한다. 뒈져버렸다고.

모든 것이 연극이다.

대충 그렇다. 모든 것이 연극이라니. 이 말은 누가 했지. 마라롱이 한 것으로 치자. 아무래도 상관없지 않은가. 무대 위에는 마라롱밖에 없고, 모두가 무대에 등을 돌리고 있으니. 나쁜 자식들. 대가리들. 빨통들. 쪼가리들. 별로 할 일도 없으면서 손가락을 쪽쪽 빨아대면서 엉덩이로 이름이나 쓰고 있으면서. 별반 다를 바가 없다.

마라롱은 말한다. 마라롱이 언제까지 여기 서 있어야 하는 거지. 몇 번 사용하지도 않았는데 마라롱이라는 이름이 질린다. 웃음이 바닥나려 한다. 마라롱은 다시 '나'가 되고 싶다. 마라롱을 나로 부르고 싶다. 나의 위장술. 마라롱의 변장술. 마라롱은 다시 '나'가 될 수 있을까. 나로 불릴 수 있을까. 호칭을 바꾸는 사이 어떤 폭소가 터질 것인가. 기다린다. 폭소

아래서 허우적거리며 침몰하고 싶다.

나, 마라롱은 여기 서 있다. 다시 반복한다. 반복과 반복의 결합체로서의 나마라롱. 나마라롱. 제3의 이름. 불가능하다. 불가능으로서의 나마라롱. 나마라롱에겐 한 번의 몸짓과 하나의 이름으로 장악할 무대가 있다. 그러니까 무대가 있다. 무대가 있다. 무대가 있다. 무대가 있다. 무대가 있다. 모든 것을 부정해도 나마라롱은 그것을 부정할 수 없다. 무대가 있다. 여기 있다. 계속 있다. 나갈수록 나타나는 무대가 있다. 무대가 있다. 무대가 있으니. 모든 곳이 무대다.

무대를 좀더 밟아볼까. 밟을수록 무대가 살아난다. 무호흡의 무대가 숨을 쉰다. 무대가 웃는다. 나마라롱이 설계한 무대. 가짜 대본을 실현하는 가짜 무대. 그러나 모든 진짜를 되묻는 집중과 포화의 무대. 모든 진짜의 허상을 간질이는 익살과 폭소의 무대.

무대에 던져진 나마라롱. 누가 나마라롱을 무대에 던져버렸는가. 그 누구를 찾을 수 있다면 나마라롱의 존재를 밝힐 수 있을까. 그 누가 나마라롱을 말할 수 있겠는가. 그 누구는 전혀 중요하지 않다. 그 누가 불현듯 떠오른다 해도 지워버려라.

잊어버려라.

무대 이전의 삶이란 있을 수 없다.

나마라롱은 오직 나마라롱의 언어와 몸짓으로밖에 설명할 수 없다. 이미 버려진 몸. 더 이상의 설명은 사족에 불과하다. 길고 지루한 사족에 불과한 언어들이 나마라롱의 출현을 정당화시키고 있다. 이게 맞는지 모른다. 그러니 계속 가자. 이게 다라는 것을 불가능하게 증명하자. 나마라롱은 벌거벗겨진 채로 무대에 버려졌다. 야유와 조롱의 채찍질에 무뎌진 몸으로, 나마라롱은 벌거벗겨진 자신의 몸을, 시선이 잡아당기고, 찢어발기는 신체 부위, 부위로서. 구체적으로 말하면 마라롱을 바라보며 말한다. 노래를 되찾으려 하듯이.

최후를 예감하는 어설픈 독백
침묵에 가까운 중얼거림
모든 소리에 상처를 내는 철자의 소용돌이
침을 질질 흘리며
색칠한 입술이 녹아내리도록
더듬거리며
아무도 없다는 것을 알면서도 뒤돌아보며

목소리 안의 목소리를 긁어 벗겨내며
노래한다

벗겨져도 벗겨진 것 같지 않아. 스스로 벗을 수 없다면 아무 소용없지. 벗겨지기 전에 먼저 벗어야지. 왜 이 생각을 이제야 했을까. 누군가 생각의 어깨를 잡고 압박을 하는 것 같아. 그렇지만 그 덕분에 사유의 모가지가 한없이 길어지고 있지. 머리가 천장에, 무대의 천장은 어디일까, 닿을 지경이야. 천장에 머리가 닿으면 윗머리가 판판해질 때까지 천장에 머리를 끌며 무대를 확보해야지. 그 기쁨을 어떻게 설명할 수 있을까. 내밀한 기쁨. 발바닥에 땀이 차오른다. 납작한 머리의 소유자 나마라롱. 낱장의 사유. 페이지를 넘겨도 달라지는 것이 없다는 것. 그게 놀랄 일은 아니지만 입이 벌어질 만한 일은 되겠지. 아직 밤과 낮이 도래하지 않았으니. 나마라롱의 무릎은 밤과 낮의 경계에서 위태롭게 꺾이고 말았다. 벗는 것쯤이야. 문제도 아니다. 그렇다고 함부로 벗을 수야 없지. 왜 벗느냐가 아니라 어떻게 벗느냐가 중요하다. 왜 웃느냐가 아니라 어떻게 웃느냐가 중요하다. 이 불필요한 문장으로 웃음을 잡아두고 싶다.

왜 나마라롱은 말보다 말이 불러오는 노래를 사랑하게 되었을까. 웃음의 의미보다 웃음 그 자체를 소유하고 싶어 했는가. 가짜 대본의 침묵과 암전을 응시하게 되었는가. 침묵과 암전의 무대. 오로지 나마라롱을 위한. 대가를 톡톡히 치르게 될 것이다. 각오하고 있는가. 각오하고 있다. 그러나 도망칠 구멍이 있다면 도망칠 것이다. 무대의 구멍을 발견하기 전 해야 할 일이 있다. 해야 할 말이 남아 있다.

벗어야지. 벗었지만 다시 벗어야지. 먼저 벗는 자가 되어야지. 벗는 연습을 해야지. 벗는 것도 연습이 필요하다. 모든 것이 연습이다. 반복적인 연습을 통한 익힘이다. 아직도 무릎이 구부러진 노래에 익숙해지지 않았다면 연습이 부족한 것이다. 벗지 않은 까닭이다. 벗는 연습. 게으른 연기. 하나의 몸짓 이전. 몸짓이 탄생하기 전. 벗어라. 벗어라. 벗어라. 벗어라. 그러나 나마라롱은 무엇을 벗어야 할지 모른다. 벗어야 하는 이유는 충분한데 무엇을 벗어야 한단 말인가. 무엇을 벗어야 할지 말해다오. 벗는 것은 지속된다. 무한의 물음. 무한의 반복. 무한의 회피. 이것만이 유일한. 이렇게 나마라롱은 벗는 연습을 하고 있는 것이다. 오로지 연습이 전부인. 감추기 위해 벗어라.

무대의 나뭇결이 벗겨지고 있다. 가시가 돋아나고 있다. 가시 돋친 무대가 나마라롱을 키우다 말았다. 나마라롱은 모든 실패를 위해 전진, 오로지 전진한다. 무대의 바깥이 열릴 때까지. 전진뿐이다. 나마라롱은 무대가 먼저인지 자신의 노래가 먼저인지 자주 헷갈렸다. 그것이 나마라롱에게 기울어진 무대를 꿈꾸게 만들었고, 무대가 기울어지게 만들었다. 왜 무대는 한쪽으로 기울어져야만 하는가. 왜 모든 등장인물의 억양은 파도의 푸른 곡선처럼 자유자재로 휘어지지 못하는가.

리듬처럼 리듬처럼

나마라롱은 웃고 싶다. 웃음이 헤픈 자의 최후를 맛보고 싶다. 나마라롱은 웃음을 잃은 웃음광대처럼 무대의 끝에서 무대의 끝까지 걸어갔다가 돌아오지 않았다. 돌아오지 않는 과정을 반복했다. 이마에 입술을 그리고 인상을 찌푸린다. 나마라롱이 여기 왜 버려져야 했을까. 출현해야 했을까. 나마라롱은 나마라롱을 내버려두고 싶은 마음을 억누르지 못하고 내버려두는 순간 언제나 후회를 하고 만다. 후회를 반복하면서 번복하고 싶다. 나마라롱은 지워진 자. 영원히 무대의 바깥에 머물러 있어야 하는 자이다. 나마라롱은 다리를 최대한 벌린다. 다리 사이에 달린 마라롱을 쥐고 흔들어본다. 잡고 벌려본다. 가끔은 이렇게 인물을 흉내 내는 것이다. 마라롱, 그것이 나마라롱에게는 전혀 쓸모없는 물건이라 해도 쓸모없는 물건 하나쯤을 지니고 있어야 인물이 될 수 있다는 것도 잘 알고 있다.

나마라롱은 부끄러움도 모른 채 무대에 엉덩이를 짓이기며 미끄러지거나, 배를 깔고 누워 가짜 대본을 수정하고 있다. 밑줄을 긋고 활자에 먹칠을 한다. 모든 대사와 지문이 보이지 않도록 까맣게 칠한다. 그리고 그 위에 다시 쓴다. 쓰는 것이 아니라 철필로 새겨 넣는다. 찢어놓는다.

한 번 퇴장한 인물은 두 번 다시 등장하지 말아야 한다. 한 번도 등장하지 않은 인물은 영원히 등장하지 말아야 한다. 등장이 없는 퇴장인물. 그런 인물을 만들어야 한다. 아무것도 보여주지 않고 아무 말도 하지 않는 인물. 움직이면서 움직이지 않고 말하면서 말하지 않는 퇴장인물. 그런 인물이 무대를 전복시킬 수 있을 것이다. 그런 인물이라면 무대가 아깝지 않을 것이다. 너무나 많은 인물을 등장시켰다. 몸짓도 어설프고 대사도 잘못 구사하는 인물들. 무대의 시간을 축소시키는 텅 빈 영혼의 인물들. 자신을 들여다보지 못하는. 모든 것이 연극이다,라고 말할 기회를 놓친, 가짜 대본에 숨겨진 암호를, 지시를, 명령을, 웃음을 해독하지 못한, 실패를 감지하지 못하는 인물들. 다시 한 번 무대에 조명이 들어온다면, 시작된다면 퇴장인물이 무대를 장악하게 될 것이다. 퇴장인물의 목소리가 들릴 때마다 무대의 바깥은 넓어질 것이다.

오로지 무대는 무대의 바깥에서 바라볼 수 있다.

무대 전체.

물러서고 물러가게 만드는 무대.

가짜 대본에 얼굴을 묻고 잠들면 활자가 대본의 바깥으로 밀려나 있었다. 대본의 모서리는 눈물로 얼룩져 있곤 했다. 나마라롱은 자신이 웃어야 할 때는 지금이라고 항상 말한다. 웃어라, 지금이 아니면 영원히 웃을 수 없을 것이다. 영원히 웃지 않는 자, 웃음을 잃어버릴까 두려워하는 자, 자신의 웃음이 웃음인지 의심하는 자, 나마라롱은 얼굴을 두 손으로 가린다. 이건 눈물이 아니다. 뒤늦게 부정해봤자 소용없는 일이란 것을 잘 안다. 눈물로 얼룩진 대본은 언뜻 진짜처럼 보이기도 한다. 아주 잠시 동안의 착각이, 환각을 닮은 착각이리라, 나마라롱의 성장을 재촉했다. 나머지 시간은 언제나 성장이 멈춰 있거나, 아주 가끔은 기대감을 충족시키며 반성장을 했다. 그것이 나마라롱의 웃음을 유발시켰다. 가짜 웃음일지라도. 웃음이 사라지면 언제나 눈물만 남아 있어라. 나마라롱은 생각하고 바라는 것이다. 바라는 대로 이뤄질 수 있다면 이 가짜 대본은 실패하고 만 것이다.

무대가 나마라롱의 얼굴이다. 누가 나마라롱의 얼굴을 보고 있는가. 얼굴을 알아볼 수 있는가. 나마라롱의 얼굴은 누가, 어느 각도에서 보고, 어떤 시선으로 보는가에 따라 달라진다. 이제 얼굴에 대해 말할 때가 왔는가. 또다시 끝이 가까워졌다는 뜻이다. 무한히 열린 무대의 끝. 그 끝을 위해 얼굴을 말한다. 얼굴을 보여주기 전 얼굴을 말해야 한다.

밀가루 반죽 같은 얼굴, 과자처럼 부서지기 쉬운, 종이처럼 찢어지고 싶은, 마라롱처럼 이유 없이 팽창하고, 넓어지고, 줄어들고, 늘어지고, 헐거워지고, 주름진 얼굴을. 표정과 인상을 우적우적 씹어 삼키는 얼굴. 암전의 조명 아래 얼굴이 떠다니고 있다. 빛에 바스락거리는 텅 빈 영혼의 그림자. 도대체 몇 개의 얼굴을 가지고 있는가. 음영 속으로 얼굴을 감추는가. 드러내는가. 어떻게 얼굴을 드러내고 얼굴을 감추고 드러내는지를.

우리가 얼굴을 감출 때 파도는 푸른 곡선을 그리며 무릎을 꿇고, 얼굴을 드러낼 때 우리의 무릎은 파도의 푸른 곡선처럼 휘어진다.

그래, 그때 모든 게 시작되었다. 머리 위에 새가 날아다니고, 아니, 새는 날고 있지 않았다, 머릿속 새를 찢어 죽인다, 머리 위에 새가 날고 있기를 바랐지만 아무것도 날고 있지 않았다. 그것이 머리를 짓누르고 머릿속을 들쑤실 줄이야. 나마라롱은 얼굴을 무릎에 묻고 파도의 푸른 곡선을 바라보던 시절을 생각한다. 그때 모든 것이 시작되었다. 파도의 푸른 곡선처럼 무대는 휘어져 건축되었고, 무대의 암전에 대해 생각했고, 등장인물의 몸짓과 퇴장인물의 목소리를 구상했다. 모든 것이 완벽했다. 가짜 대본의 낱장이 머릿속에서 펼쳐졌다. 그것이 후회와 절망의 빈 페이지가 될 줄이야. 처음부터 이럴 마음은 없었다. 그렇다면 어떤 마음이었을까.

단지 얼굴을 감추고 무릎걸음으로 걸으며, 물론 모두 발가벗고 있어야 했다, 여전히 나마라롱은 발가벗고와 벌거벗고의 차이에 대해 고심하고 있다, 하나를 선택하는 것이 둘 다 버리는 것보다 얼마나 어려운지를, 그것이 얼마나 괴로운 일인지는 상상하기 힘들 것이다, 출구와 입구가 없는, 한 번 무대 위에 올라갔으면 두 번 다시 내려 올 수 없는, 난처함, 식은땀이 나는, 공포에 허기를 느끼며, 스스로 포기하는 순간만 기다리게 만드는. 마음먹은 대로 할 수 있는 게 아무것도 없다는 것을 알았다. 이미 무대가 머릿속에 건축되었을 때부터. 무대는 건축되었는가. 설계도 없는 건축. 한없이 솟아오르고 팽창하는.

건축은 곧 붕괴다

무대에 인물을 영원히 박아둘 수 있다면. 가짜 대본을 무시하고 즉흥적으로, 아, 이 얼마나 저급하고 멋진 어휘란 말인가, 대사를 남발하게 내버려둘 수 있다면. 나마라롱은 출현하지 않았을 것이다. 뜻을 무시하고 뜻대로 되는 것이 하나도 없다. 알 수 있다면 뒤늦게라도 상관없다. 무대는 무한히 열려 있다. 나마라롱은 무대에 등장하고 무대에서 퇴장하게 될 인물이 아니다. 단지 출현했을 뿐. 건축이 아닌 붕괴를 위하여. 계획된 즉흥연기를 위하여. 나마라롱의 머릿속이 아치처럼 구부러졌다는 것을.

얼굴이 보이는가. 얼굴 뒤에 얼굴이 도사리고 있다. 얼굴이 얼굴을 잡아먹고 얼굴이 얼굴을 토한다. 나마라롱의 얼굴, 그것이 이 무대의, 등장인물의 등장을 무시하고 퇴장을 무시하기 위한 무대의, 전부다. 자신의 얼굴을 제대로 만질 수 있는 자들이 도대체 얼마나 되는가.

눈이 있다면 눈을 감는다. 무대 위의 인공 태양과 조각난 노란 구름이 보인다. 그러니까 어떤 초원을 상상해도 좋겠다. 눈이 녹고 무대 위에 풀이 돋아난다. 플라스틱 잔디.

나마라롱은 구두를 벗는다. 이 낡고 더러운 갈색구두를 나마라롱은 무대의 유산으로 물려받았다. 그것이 전부다. 냄새나는. 역겨운. 아무 입이라도 벌리고 있다면 입속에 쑤셔 박고 싶은. 어떻게 구두로 인간을 판단할 수 있단 말인가. 발바닥의 감각의 느끼며, 황홀해하며 걷는다. 황홀이 고통을 낳고 고통이 황홀을 버릴 때까지. 왜 고통이 고통으로 느껴지지 않는가. 고통 없는 무대. 얼굴이 일그러진다. 이건 누구의 얼굴도 아니다. 얼굴을 묘사할 수 없다. 인간은 언제부터 얼굴 속으로 감정을 숨기게 되었는가. 몸짓과 얼굴짓이 따로 놀고 있다.

입은 다문 지 오래. 이마의 입술. 그것이 열린 적은 없다. 언제나 열려 있기에. 공기 중에 떠도는 가짜 언어들이, 그건 마치 공기 방울들 같다, 얼굴에 닿아 터진다. 끈적끈적한 얼굴. 무대의 시간이 녹아내리고 있다.

진흙 같은 무대. 발이 빠진다. 발목까지 무대 속으로. 무대의 구멍이 열리는 순간 닫힌다. 발을 깊숙이 빠뜨린 채 허우적

대고 싶지만 나아간다. 걸을수록 감각이 무뎌진다. 무뎌진 감각의 허를 찌르듯 혀를 놀린다. 얼굴을 핥는다. 얼굴이 녹는다. 얼굴이 흐른다. 얼굴을 벗는다. 얼굴 속의 또 다른 얼굴. 하나뿐인. 유일한. 발가벗은. 진짜의. 얼굴 전체가 입이다. 확성기다.

즉흥적 붕괴
리듬과 리듬들
파도의 푸른 곡선
무릎 위 무릎 아래
건축들
섬유들
리듬과 리듬들
붕괴들
조직들
벌거숭이들
얼굴들
들판 초원 플라스틱 끝

나마라롱은 가짜 대본을 위한 가짜 기록을 떠올린다. 그것은 얼마나 즉흥적이고도 아름다운 연습이었나. 찢는다. 눈처럼 가짜 언어들이 날린다. 리듬과 리듬을 타고. 순간 진짜처럼 보인다. 그리고 이제 침묵한다. 지금까지 그래 왔던 것처럼. 아무것도 주장하지 못한다. 나마라롱은 나마라롱에게 포기를 강요하는 모든 것에 포기를 선언한다. 무대야 아무래도 좋지만. 아무래도 좋은 것이다. 나마라롱이라는 이름을 얻었으니. 이름을 언제 버려야 할지 모른 채. 멈춘다. 왜냐하면. 기억하라. 왜냐하면. 마라롱은 무대에 등장한 적도 퇴장한 적도 없었다. 기억하라. 전진하라. 나마라롱은 하나의 목소리로, 듣는 자에 따라 다른 목소리로 기억되는 자이다. 왜냐하면.

나마라롱, 영원히 이름의 주인이 될 수 없는 이름

이제. 여기. 다시. 끝으로. 누가. 무대의 모서리에 엉덩이를 꽂고 파도의 푸른 곡선을 마주한다. 무대에 파도가 친다. 무대가 휘어진다. 거대한 울음 곡선이 무대를 뒤덮는다. 허우적대면서. 안간힘으로. 인내 없이. 조바심 없이. 관능의 연기를 선보인다. 나마라롱은 뒤로 두 걸음 걷고 앞으로 두 걸음이나 세 걸음 걷는다. 멈춘 자리에서 오른쪽으로 한 바퀴 돌고 멈춘다. 앞으로 두 걸음 걷고 뒤로 두 걸음이나 세 걸음 걷는다. 멈춘 자리에서 왼쪽으로 한 바퀴 돌고 멈춘다. 뒤로 두 걸음 걷고 앞으로 두 걸음이나 세 걸음 걷는다. 멈춘 자리에서 왼쪽으로 한 바퀴 돌고 멈춘다. 앞으로 두 걸음 걷고 뒤로 두 걸음이나 세 걸음 걷는다. 멈춘 자리에서 오른쪽으로 한 바퀴 돈다. 뒤로 두 걸음이나 세 걸음 걷고 앞으로 두 걸음 걷는다. 멈춰진 자리에서 왼쪽으로 한 바퀴 돈다. 앞으로 두 걸음이나 세 걸음 걷고 뒤로 두 걸음 걷는다. 멈춰진 자리에서 오른쪽으로 한 바퀴 돈다. 뒤로 두 걸음이나 세 걸음 걷고 앞으로 두 걸음 걷는다. 멈춰진 자리에서 오른쪽으로 한 바퀴 돈다. 앞으로 두 걸음이나 세 걸음 걷고 뒤로 두 걸음 걷는다. 멈춰진 자리에서 왼쪽으로 한 바퀴 돈다. 그래서 멈춘다. 멈춰진다. 언제나. 그 사이. 나마라롱의 반대편에서 나마라롱을 기억하는 자가, 그는 나이다, 그러니까 나의 주인인, 나라는 이름의, 마라롱을 벗은, 마라롱을 기억하는, 되찾은, 목소리뿐이었던, 오랜 몸의 침묵의 깨고, 깨진 침묵과 함께, 몸으로, 유일한, 가능한, 내가, 나로서, 기능하는, 나는, 내리는 눈 속에서 발가벗은 채 무대의 떨림을 감지하며, 나마라롱의 연기를 따라하고 있다. 정확히 앞뒤 좌우 대칭으로. 관능의 연기를. 펼친다. 나마라롱은 그것을 알지 못한다. 언제까지인가. 언제까지라도. 아무래도 좋다. 아직도 모르겠는가. 이제 그건 나마라롱이 신경 써야 될 일도, 관여할 일도 아니다.

3부
퇴장

"여기서 더 가야 한다."

"어디를 또 간단 말이에요? 여기가 어딘지도 모르면서."

"여기가 어딘지 모를 때, 그 지점이, 위치가, 좌표가, 나의 영역이 되었지. 영역 속에서 들뜬 상태로 걸어갈 때, 걸어간 적은 없지만, 걸으려 할 때, 영역은 무대가 되었지. 되었다. 되었는가? 그만. 정신을 눌러야지. 또다시 시작된 거야. 이렇게 시작해도 되는가. 다른 시작이 필요한가. 다른 시작은 다른 인물의 다른 목소리에서 시작될 것이다. 다른 시작이라니. 다른 인물이라니. 다른 목소리라니. 물러서자. 여전하다. 여전함.

초초함이 모든 것을 망치게 되어 있어. 여전히 들뜬 상태인가. 진정해. 아니야. 진정해. 아직 무대는 아니야. 나에게 허락되지 않았어. 멀었어. 다 왔는데. 가깝기도 하고. 바로 눈앞인데. 일어나 한 발만 내디디면 되는데. 몸이 어디 있는지 모르겠어. 무대가 바로 앞인 건 너무 잘 알겠는데. 이건 내 눈에 속한 세계가 아닌 것만 같아. 너무나 눈이 부셔서 그래. 모르겠어. 왜냐하면. 아닌 것 같아. 진정하고. 더 가야 해. 여기서."

"무엇을 위해서요?"

"이 모든 것을 끝내기 위해. 이미 끝장이 났지만 끝내야 해."

"무엇을 위해서요?"

"무엇을 위해? 그 무엇도 아닌 끝을 내기 위해. 나가떨어지기 위해. 부서지지 않고 튕겨서 먼 곳에 떨어지기 위해. 내가 떨어지는 곳 거기가 무대의 끝일 거야. 아니 다시 시작되는 지점일 거야. 무대의 바깥. 내가 이런 말을 했었나. 했다면 하지 않은 걸로 하고, 하지 않았다면 계속 하지 않은 걸로 하자. 나는 아직 무대에 없으니. 없는 무대 앞에 있으니."

"하지 않은 걸로 해요."

"하지 않을 걸로. 아무래도 끝을 낼 수는 있겠지."

"만약 끝을 낼 수 있다면, 당신이 떨어진 곳, 거기를 무엇이라고 부르던, 무대의 바깥이라 부르지 않아도, 거기에는 이미 물이 고여 있을 것이고, 내가 엎드려 물을 핥아 먹고 있을 때, 어떤 시선이, 그건 응집하지 못하는 빛과 같은 시선인데, 내 뒤에서 나의 뾰족한 엉덩이를 감쌀 것처럼 쳐다보면서, 나는 그 시선에 붙들림을 당한 채, 물을 핥아먹는 이유를 생각하는 동시에, 점점 떨어지는 혀의 온도를 느끼며, 당신을 찾고 있겠지. 찾고 있을까? 이미 없는 당신을. 찾고 있다니. 과연 그럴까. 무엇 때문에. 내가 왜!"

"계속 물을 핥아. 시작했다면 멈추지 말란 말이야. 엎드림을 유지해. 혀의 온도를 느껴!"

"혀가 무뎌질 때까지. 달라질 때까지."

"달라질 수 있다면 얼마나 달라질 수 있을까. 변하지 않는 것. 불변이라 말해도 모를 것."

"물이 참 달아요. 목마름이 우리를 여기까지 오게 만들었다는 것을 믿어보기로 해요. 갈급함이 없는 목마름. 동물적 배설로서의 목마름. 어떤 말들은 나를 목마름에 들뜨게 해요. 끝을 위해. 무대를 위해."

"이미 끝났다고 했잖아."

"당신은 분명히 그렇게 말을 했지요."

"그건 내가 말한 것이 아니야. 내 안에서 들리는 목소리일 뿐. 목소리에 붙들린 사람. 그가 나라는 것을 용서할 수가 없어. 용서할 수 없기에, 적당한 벌을 주기 위해 오랫동안 문제랄 것도 없는, 잡히지 않는 실마리와 싸우느라 골몰했지. 두통이 일었고, 무언가 입에 넣고 빨 것을 찾아다니다 시간을 허비하고, 미지근하게 데운 우유를 마시고 쪽잠을 잔 거야."

"무대의 끝에서 내가 핥게 되는 것은 물이 아니라 우유가 될지도 몰라요. 분명해요. 틀림없어요. 아직 일어나지 않은 일이지만, 그렇기에, 다시 벌어진 일이 됐어요. 누구를 속이려고. 누구의 혀를 녹이려고. 그건 우유였어요. 끝에서. 내가 핥은 것은. 엎드려서."

"누구를 속이려고. 누구의 혀를 녹이려고. 그 말을 다시 한 번 해봐."

"하지 않으면서 할 수 있는 말은 더 많아요."

"다시 말해봐."

"보다 깊은 침묵은 거짓말 속에 있어요."

"아주 나를 미치게 하는군."

"우유였어요."

"도대체 우유가 어쨌다는 거야! 화를 낸 것은 아니야. 화를 낼 수 있나 시험을 해본 것뿐. 곧 화를 낼 수 있을 거야. 화가 날 일이 생기겠지. 나를 좀 화나게 해봐. 화를 유도하는 당신의 모든 말이 그나마 있던 화를 사그라지게 해. 말이 아니라 몸짓으로 보여줘 봐. 몸짓으로, 움직임으로 나를 화나게 만들어봐. 기다리고 있다. 기대하고 있다. 화가 나면 내가 어떻게 화를 몸으로 표현해야 하는지. 그 전에 잠을 좀 자둬야 할까. 잠이 온다면. 쪽잠으로 돌아가서. 빈약한 언어들로 가득 찬 대본을 한두 장 넘길 여유만큼의 잠이었지. 부족하면 부족한 대로, 충분하면 충분한 대로, 잠들지 못했어. 잠이 잠을 끌어당기는 동시에 잠이 잠을 물리치고 있지. 너는 잠들지 못하고 잠든 척을 하게 될 것이다. 그때라고 해도 좋아. 망령의 유언이 귓가에 맴돌아."

"유언의 망령."

"그 말을 새겨두도록 해. 적지 말고 머릿속에 새겨두는 거야. 다음이 있다면, 무대에 닿는다면. 무대의 끝이 아니라. 끝으로 향하는. 바깥이 아니라. 바깥을 계속 떠올리며. 거기서 머릿속을 채운 텅 빈 말을 보여줄 수 있을 거야. 거기로 미끄러져서 말해야 돼. 망령의 유언이 유언의 망령이 되어 머릿속에 새겨졌다."

"나는 여기 있어도 나의 머리는 여기 없어요. 몸과 머리는 분리되었고, 서로를 찾고 있지 않아요. 나는 몸을 숙인 적은 있어도 머리를 숙인 적은 없어요. 머리, 신체 중 가장 성나고 짓무른 부위. 왜 내 머리에 손을 대지 않은 거지요. 왜 내 머리를 깨물지 않은 거지요. 당신의 손은 녹고 당신의 치아는 부러졌을 텐데."

"머리와 얼굴의 경계. 이도 저도 아닌 가장 난해한 곡면. 이마라고 불리는. 이마는 텅 빈 대본의 낱장처럼 평평하고, 구부러지지. 구겨지지. 쭈글쭈글해지지. 시선을 받아들이지. 나의 이마와 당신의 손은 이미 멀어질 대로 멀어졌어. 그렇게 알고 있어. 학습되었다고 해도 그렇게 알고 있어야 더 가까울 수 있지. 더 멀어야 더 가깝다. 더 멀리서 말해야 더 가까이서 들을 수 있다. 머리로 돌아가서. 멀리서. 머리에 사로잡혔다면, 머리는 둘로 잘려야 한다. 둘로 잘린 머리. 오랫동안 그것을 생각했는데 이제 추상의 늪을 건너 구체의 숲에 다다르게 될지 몰라. 우리는 둘로 잘린 머리의 한 쪽씩을 자신의 머리인 양 달고 있었지. 그렇게 믿으며 여기까지 온 거야. 목마름이야 아무래도 상관없어. 물론 나의 여기와 당신의 여기는 다르지. 이 말을 해두고 싶다. 말이 아니라 말이 불러오는 상상을 즐기고 싶다. 가령. 가령. 가령. 얼마나 질긴지 채찍을 물어뜯어봐야 아는 것은 아니지만. 가능할 거야. 하나는 베개 오른쪽에 두고, 하나는 베개 왼쪽에 두고. 무엇이 먼저 썩어가게 될까. 먼저 썩는 것이 마지막까지 썩어가는 것은 아니지만. 썩어가면서, 섞이면서, 서걱거리면서. 베개를 사이에 두고. 영혼이 빠져나가듯. 약간 시원하기도 하겠지만. 결국 찝찝하겠지. 그것을 확인하기 위해서라도 우리의 머리는 둘로 잘려 있어야 해."

"머리는 베개 위에 있어야지. 베개는 머리 아래 있고. 그 사실이 확보되지 않는다면 머리도, 베개도 뒤집을 수 없는 거 아닌가요. 베개 위에 나란히 놓인 두 개의 머리를 상상할 때 그 상상은 결코 즐겁지 않고, 쾌락 없는 고통 그 자체를 알게 해주며, 내 몸에서 찢어진 부위를 더 찢어지게 만들어요. 수많은 머리를 낳게 하고, 머리는 처음에 말랑말랑하지만 곧 딱딱해지고, 견과류처럼 딱딱해지면 쪼개지게 되는 것은 시간문제이고, 막상 베개 위에 두 개의 머리가 놓이게 되면, 그것을 체험하면, 내 몸에서 찢어진 부위는 달라붙게 돼요. 아무리 해도 다시는 찢어지지 않을 것처럼 달라붙어요. 결국 머리를 낳을 수도 없고. 무엇으로도. 왜 그래요. 저리 가요. 저리 가 있어도 저리 가요. 무엇으로도. 찢어지지 않아요. 베개를 위한 두 개의 머리는 없어요. 머리의 실체들은 있지만 머리의 주체들은 없어요. 내가 이런 말을 할 때, 찢어질 때, 달라붙을 때, 나는 실체인지, 주체인지 궁금해요. 궁금할 뿐 답을 원하지는 않아요. 너무 가까워요. 좀더 가봐요."

"원한다면 좀더 가보자. 좀더 가고 있었다면 잠시 멈춰서 좀더 갈 준비를 하자."

"아, 지긋지긋한 준비 상태. 그냥 좀 계속 가면 안 돼요?"

"맞아. 그냥 좀 계속 가면 안 되는가."

"화났어요?"

"손을 뻗을 수 있다면 뻗어서, 무언가 손에 잡히는 것이 있다면, 그것이 말랑말랑한 것이든, 딱딱한 것이든, 쪼개진 것이든, 찢어진 것이든 움켜잡고 계속 가리라."

"손 치워요,라고 말하고 싶게 하는군요. 손이 다가오게 하지 마요. 손이 어디 있는지만 말해요."

"내 손은 항상 그 속에 있지. 그 속은 비좁고 아득하고 환하지. 손쓸 수 없는 속. 그 속에 내 손이 있지. 하지만 나는 그 손을 볼 수 없고, 볼 수 없으니, 만질 수 없고, 만질 수 없으니, 사라지지 않고, 영원히 나의 손일 수 있는 거지. 그 속에서. 그 속에서만!"

"내가 보는 것을 당신은 볼 수 없고, 당신이 보지 못하는 것을 나는 볼 수 있어요. 본다는 것. 본다는 것에 사로잡혀서 그만 헛발을 딛고 쓰러졌지만, 내가 쓰러진 곳, 그 장소는 이제 없어. 없음. 없음. 없음. 도달한 거야. 없으니까. 충족된 거야. 먼저 말하는 자가 계속 말할 수 있는 거야. 갈 수 있는 거야. 내가 무슨 말을 해도 그것은 당신이 말하게 될 말이라는 것을. 그것 봐. 내 말이 맞지. 더 멀리 좀 가봐요."

"지금보다 더 멀리 갈 수 있다면 나는 이렇게 말할 수 있을 거야. 이제 생각났다. 당신이 실체에서 주체가 되기 위해서는 나의 목소리가 필요하다. 계속 그래 왔던 것처럼. 새삼스럽게. 이미 알고 있는 사실을 다시 알게 될 거야. 다시 확인하고 다시 사유할 거야. 하지만 지금보다 더 멀리 갈 수는 없으니, 도저히, 나는 생각을 해낼 수 없을 것이고, 당신이 실체에서 주체가 되기 위해서는 나의 목소리가 필요하다는 말도 할 수 없을 거야. 영원히 말할 수 없고 들을 수 없는 말이 있다는 것. 목소리가 둘로 잘렸다. 둘로 잘린 목소리. 이제 어떤 방향에서 바람이 불어오든지 상관없다. 어떤 식으로든 우리를 더 멀어지게 한다. 찢어지게 한다. 달라붙게 한다. 춥다."

"눈이 내리고 있지 않아도."

"하지만 좀더 멀리서 가까이 갈 수 있지 않을까. 아무 생각도 없고, 아무 말도 없는 상태에 다다를 수 있겠지. 그것을 원한 것은 아니지만, 생각과 말의 잠재적인 상태를 유지하면서. 즐겁지 않을까?"

"보다 깊은 침묵은 거짓말 속에 있다잖아요."

"당신이 나를 무시할 때만 나는 당신 속에 있는 것 같아."

"보다 깊은 침묵은 거짓말 속에 있어요."

"우리가 했던 모든 것은 침묵과 관련이 있을까, 거짓말과 관련이 있을까. 나는 무엇이든 구별 짓는 것을 좋아하고, 구별 지은 다음에 다시 구별 이전 상태를 그리워하고 있지."

"그리워한다는 것은 그럴 때 하는 말이 아니에요."

"그리워한다. 모든 이전의 상태를."

"화났어요?"

"즐겁지 않을까?"

"않아요."

"낮이라면 얼마나 오래 지속된 낮이고, 밤이라면 얼마나 기다려온 밤인지 알 수 없지만, 밤낮을 구별할 수 없는 어떤 이전의 상태라고 해도 나의 역할은 남아 있어. 바로 화를 내야 하는 것. 누구에게, 무엇을 향해, 어떤 찡그림으로 들뜬 인간이 되어야 하는가. 누구도 원하지 않는, 심지어 나조차 두 팔을 들어 올리면서 포기를 선언한 지 오래인 역할을, 그렇기 때문에 이 역할에 미련을 두고 있다고 할밖에 설명할 수 없는 위치에 나는 놓여 있는 거야. 놓였다. 내가 왜 이 역할을 떠맡아야 하는 거지?"

"무대 아래 관객은 당신 혼자뿐이었어요."

"혼자뿐이었지."

"내가 발가벗은 채 무대 위에 누워 있을 때."

"누워 있을 때. 발가벗은 채. 항문을 보이며. 무대 위에서."

"그건 아무것도 아니에요."

"항문을 보이며."

"문제될 게 뭐람."

"항문을 보이며."

"즐겁지 않나요?"

"항문을 열어 보이며!"

"언제나 열려 있어요!"

"나는 당신이 관객에게 열어놓은 항문을 보며 내 역할을 기다려야 했지. 상상. 참담함. 상상. 참담함. 안으로. 안으로만. 일그러지는 표정을 애써 참아내면서. 그것이 나의 역할을 위한 시간이라고 해도. 제자리를 지키는 것이 결국 제자리로 돌아가지 못한다는 것을 알게 해준다는 것을. 참담함. 상상."

"관객, 그것은 독보적인 나의 세계였어요. 세계를 향해 항문을 열어놓은 거예요. 그리고 그것은 실제 항문이 아니라 항문에 가까운 것이었어요. 실체로서의 항문에 가까운 것. 항문에 가까운 것으로 항문의 연기를 펼쳐 보인 거예요. 주체로서의 항문. 주름지고 쪼개지고 인공적인 항문! 모두의 착각 속에서. 자연으로 파고드는."

"모두의 착각 속에서? 모두의 착각 속에서! 모두의 착각 속에서! 그것이 나를 견딜 수 없게 만들었다는 것을. 항문에 가까운 것을 항문으로 착각해야만 견딜 수 있다는 것을. 그것이 도대체 뭐란 말이야. 쏟아내는 것은 말이 아니라 침묵의 덩어리들이라고. 실체건 주체건. 그따위가 뭐, 뭐! 뭐! 뭐! 모두의 착각 속에서! 속에서! 속에다! 어디 한 번 더 열어봐!"

"언제나 열려 있어요."

"도대체 어디 있는 거야!"

"착각이 없다면 침묵도 없어요."

"아무리 해도."

"화내지 마요."

"두 눈을 똑바로 뜨고?"

"두 눈을 똑바로 뜨고!"

"두 눈을 똑바로 뜨고 바라보아도 그것은 나를 위한 세계가 아니었지. 그것을 견디기 위해, 그 속에서 터져 나오는 진흙의 아우성을 나의 언어로 되돌릴 수 없기에, 나는 기다리지 못하고 다른 역할에 빠져들어갈 수밖에 없었지. 손으로 눈을 찔러야 했지. 자연을 선택해야 했지. 연기를 처음 배운 사람처럼. 착각이란 배우에게만 있는 것은 아니지. 관객을 위한 착각. 그것이 이 무대의 진실이라고 나는 함부로 떠들어대겠다. 꿈틀대겠다. 나도 좀 살아봐야 하지 않는가. 모두들 어떻게든 살아남으려고 발버둥 칠 때, 나는 살아남기가 아니라 살아봐야 하는 신념으로. 정신으로. 영혼으로. 즐거움으로. 열며. 당신의 항문이 다시 열리기 전에. 나는 이랬다. 배우에게 빠져든 광인이 극장을 나와 창에 비친 자신을 배우로 착각해

창이 깨지도록 이마를 찧고 있었다는 말을 들어본 적은 없지만, 그건 지금의 나에게 적용할 수 있는 이야기가 될 것이다. 전부가 그렇다."

"그렇게라도 견딜 수 있다면."

"여기서."

"화를 지속시킬 수 있다면."

"당신도 화가 났을 거야."

"언제나 열려 있어요."

"증명해 보이겠다. 열어 보이겠다. 그렇지. 이렇게. 한때 나의 엉덩이를 차지하고 있던 의자는 다리가 부러진 채 바닥에 쓰러져 있지."

"유일한 당신의 의자."

"유일한 것이 참 많아서 좋을 때가 있지만 지금은 아니야.

의자가 유일한 것이 아니라고 해도 그것을 바로 세울 용기가 나에게는 없어. 용기가 바닥났다. 바닥난 용기의 틈새로 새로운 정신의 물질이 새어 나온다. 정신의 물질. 그것이 무엇도 갈구하지 않는 시선을 활발하게 추동시켜 더 멀리 보게 만든다. 무한히 높은 천장 아래 서 있게 한다. 천장에 달린 환기구는 멈춘 지 오래야. 간혹 거기서 먼지가 떨어지지."

"먼지가 눈송이처럼 날리기를. 그러기까지 나는 누워 있었고. 항문을 보인 채. 항문을 열어 보인 채. 지시에 따라서. 괄호처럼 나의 항문은 열려 있고, 그 안에 무엇이 담겨 있든지, 그것 역시 정신의 물질일 텐데, 그것은 언제나 귀엽고 독특해 보였을 텐데, 아무것도 모르면서, 열린 상태에 눈을 돌리고, 그 안에 들어 있는 것이 무엇인지 알려고 하지 않고, 손가락 포크로 자신의 눈을 찌르는 시늉을 하다가 진짜로 찌르고 만 당신은 그런 말을 한 번도 한 적이 없고, 한 번도 한 적이 없는 말이 나를 멀리 가게 했다는 것을."

"기다리고 있었나?"

"이렇게라도 말해야 하지 않나요? 나는, 더, 기다릴 수밖에, 없어요. 없었어요. 이제 됐어요?"

"자연을 파고드는."

"이제 됐어요."

"모르겠어. 왜냐하면."

"모를 거예요."

"당신의 기다림과 무관하게, 그런 기다림은 짓밟아버리고, 얼마나 더 기다려야 하는가. 먼지를 뒤집어쓴 채. 더 낡은 머리로, 더 낮은 자세로, 더 느린 걸음으로. 다시 또 그렇다,는 것을."

"나가서."

"나가도."

"나가서."

"목소리가 들려올 때."

"짓밟을 수 있다면."

"어떤 목소리라도, 목소리 속으로 나의 시선을 숨길 필요가 있다. 왜 그런가. 그렇지 않을 도리가 없지 않은가. 그 전에 해야 될 일은 없지만, 급박함의 여유를 누려볼 필요는 있겠지. 나는 자신을 위대하게 만든 수식의 오류를 뒤늦게 발견한 수학자처럼 창에 이마를 대고 있지 않았으니까. 얼마나 확실한가. 분명한가. 소름 끼치는가."

"다시 시작되는 건가요?"

"바깥으로 나가서. 나가도. 바깥에서."

"당신은 자신을 위대하게 만든 수식의 오류를 뒤늦게 발견한 수학자처럼 창에 이마를 대고 있지 않았어요."

"맞아. 그런 일은 일어나지 않아. 일어날 수 없지. 일어나지 말아야 한다. 멀리서, 더 멀리서, 가장 먼 곳에서, 창밖을 바라보고 있다. 눈이 내리고 있지 않아."

"언제 눈이 내린 적이 있던가요."

"눈이 내리지 않을 때 머릿속에는 눈보라가 치지. 눈보라로 가득한 머릿속이 흔들려. 흔들림으로, 흔들림 속에서 나는 역 앞에 있던 흰 개를 기억하고 있어. 나의 순수한 기억이 아니라고 해도, 흰 개는 고개를 숙인 채 바둑돌 같은 눈을 빛내고 있었지. 그건 슬퍼 보이는 장면이지요. 젖을 짜면서 그녀는 말했지. 몇 방울이 젖이 나의 얼굴에 튀었어. 그녀는 웃었던가. 웃은 걸로 치자. 얼굴에 젖을 묻힌 채, 그 얼굴을 거울로 보지 못한 것을 두고두고 후회하고 있는데, 나는 그녀의 웃음을 보고 있었어. 그녀의 얼굴을 후려치고 싶었지. 따귀 말이야. 따귀 칠 수 없는 내가 따귀를 맞은 것처럼 안절부절못했지. 성나고 짓물러진 거야."

"지금 당신 얼굴이 어떤지 알아요."

"보이지 않아도?"

"보이지 않아도."

"그녀의 희고 뭉툭한 손이 나의 이마에 닿기 전, 그녀의 가슴에 얼굴을 묻고 말았지. 분노가 눈물이 되어 흘렀어. 눈물은 멈추지 않았고, 여전히 멈추지 않아."

"멈추지 마요."

"멈추지 않아."

"당신은 역 앞에 있던 흰 개를 기억하고 있어요. 눈이 내리고 있었고, 쌓이고 있었어요. 확실해요. 분명해요. 소름 끼쳐요."

"방금 기차를 타고 떠난 부모를 배웅하고 역 앞으로 나온 아이가 흰 개를 발견했는데, 아이는 개에게 종아리를 물린 기억이 있지. 상처는 깊지 않았지만 한동안 일부러 다리를 절며 다녔어. 자신이 왜 그런 행동을 했는지 의아했지만, 멈출 수 없었어. 아이가 성장하기 위해서는 설명할 수 없는 이유가 하나쯤 있어야 하잖아. 흰 개를 발견한 아이는 흉터도 남아 있지 않은 종아리를 손으로 만졌고 뒤늦게 통증을 느꼈지."

"통증을 느꼈어요. 그 통증이 아이의 손에 눈덩이를 쥐여주게 만들었고, 이미 그렇게 된 이상, 아이는 눈덩이를 흰 개에게 던졌어요. 눈덩이가 정확히 흰 개의 머리에 박혔어요. 흰 개는 여전히 바둑돌 같은 눈을 빛내며 고개를 숙인 채였고. 아이는 포기하지 않고 눈덩이를 뭉쳐 던졌어요."

"흰 개 역시 포기하지 않았지."

"아이는 더 다가가지도 물러서지도 않고 눈덩이를 흰 개에게 던졌어요. 흰 개 역시 달아나지도 달려들지도 않고 그 자리에 붙들려 있었어요."

"붙들려 있었군."

"붙들려 있던 거예요."

"붙들려 있다니."

"붙들려 있어요."

"붙들린 것들에 나는 붙들려 있어. 그것은 게으른 연민이리라. 모자란 모랄이랄까. 이런 말을 하고 있을 여유가 있다는 것이 놀랍지만. 소스라침. 소스라침. 소스라침. 어떤 말이라도 세 번 반복하면 자신감이 생기지. 그러나 무엇을 위한 자신감인지 모를 때가 많아서 자신감은 곧 꺼져버리고 말지. 자신감과 함께 반복했던 말의 의도와 의미도 사라져버려. 사라져버려라! 내가 얘기했던가? 붙들렸던가? 이제 내 얼굴에 묻은 그녀의 젖은 말랐을 거고, 아이는 더 이상 다리를 절지 않을 거야. 사라져버려라!"

"부끄러워요."

"손을 눈 속에 묻을 수 없지."

"눈이 내리고 있지 않아요."

"그보다 오래전, 눈이 내리기 직전의 밤. 그렇게 기억하는 편이 좋아. 아무것도 기다리지 않는 상태에서, 그녀는 옷을 벗고, 옷을 정리했지. 가지런히 흩트려놓았지. 금방 옷에서 빠져나온 사람처럼, 정확히 말하면 옷의 감옥에서 풀려나온 것처럼 꾸며대고 있던 거야. 어떤 표정이든 가능하지만, 어울리는 표정은 없었어. 그녀의 유두에는 실오라기가 달라붙어 있었고, 나는 그것을 쳐다보았지. 그것이 나를 얼마나 소스라치게 하고, 소름 끼치게 만들었는지. 다시는 없을 거야. 없어야 해. 없애야 해. 옷은 손을 떠나지 않아. 손에 감기는 직물이 한때 그녀의 몸을 감싸고 있었다는 것이 믿기지 않아. 그녀는 다시 옷을 입었지. 얼마나 더 벗고 입어야 이 겨울을 이해할 수 있단 말인가. 이해는 집어치우고. 집어치우더라도. 이 혹한의 겨울. 냉철한 이성이 냉혹한 현실에 몸을 허락하고 말았다."

"다시 시작되는 건가요?"

"어디부터라고 해도 좋아. 나 역시 이렇게 시작하고 싶었지. 역시 나는 시작을 할 수 없는 인간인가 보다. 시작했으나 시작을 번복하고 싶은 거지. 모든 시작에 질투와 미련을 갖고 있지. 한 걸음도 나아갈 수 없어. 그렇지 않은가. 너는 영원히 이곳에서 빠져나갈 수 없을 것이다."

"당신은 영원히 이곳에서 빠져나갈 수 없을 거야."

"그건 당신의 대사가 아니었어."

"나의 대사란 없어요. 모든 것이 나의 대사이고, 그러니까 나의 대사는 없어요."

"그렇게 믿으며 여기까지 왔지. 그런데 그렇지 않다는 생각이 든다. 그렇지 않다는 생각이 들자마자 걷잡을 수 없게 그렇지 않다는 생각에 빠져든다. 생각이 나를 점점 구석으로 몰고 간다. 옷을 벗고 다시 옷을 입게 만든다. 발가벗기고 다시 한 번 발가벗기려고 옷을 입힌다. 무대 같은 것은 까맣게 잊고, 도대체 이 위치에서 무대가 무슨 소용이란 말인가. 무대가 없다면 무대의 바깥도 없지. 나는 바깥에 있던 관객이 아니야. 그렇다면 무대를 위한 관객이었나. 당연하다. 당연한 것이 나를 반성장하게 만든다. 비인간을 꿈꾸게 한다. 나는 반성장한 비인간이다. 빠져들었다. 헤어나갈 수 없다. 허우적대는 것쯤은 문제없지만 가라앉지는 않을 것이다. 왜 나는 무너지지 않고 헤쳐나가고 있는가. 가시덤불 같은 목소리로. 목소리를 흉내 내며. 변하지 않는 것은 이것뿐. 관객을 위한 무대는 없어. 무대는 없고 그는 무대의 바깥에 있었지."

"당신이 닿는 곳, 거기가 어디든 그가 먼저 닿아 있을 거예요."

"다시 시작되는 건가?"

"당신은 영원히 이곳에서 빠져나갈 수 없어요."

"빠져나갈 생각이 없다면?"

"다시 시작으로."

"다시 시작으로?"

"이렇게 시작할 수도 있어요. 그가 사라졌어요. 빠져나갔어요. 그는 한때 당신이었고, 당신이 아니었어요. 나의 전부가 아닌 나의 일부가 아닌 나의 부위가 아닌 그 무엇도 아닌 다른 당신이었어요. 그야말로 그였어요. 추상적인 그. 구체적인 그. 실체 없는 그. 주체 없는 그."

"당신이 그를 부르면 나는 그녀를 불러내야지. 이미 불렀다면 다시 불러야지. 부를 때마다 그녀는 달라지니까. 그것이 유일한 우리의 호흡. 유일한 것이 아니더라도. 호흡하자. 호흡하자. 호흡하자. 호흡을 멈추고. 호흡을 포기하고. 호흡하자. 왜 그녀는 멀쩡한 젖을 만지며, 젖이 퉁퉁 부었다고, 젖이 나온다고, 젖만 짜대고 있었을까. 그녀의 젖은 나오지 않았다. 그녀는 젖이 마른 여자다. 그녀가 내 얼굴에 뿜은 것은 젖이 아니라 침이었어. 참으로, 침도 많은 여자다. 아직도 모르겠다. 왜 그걸 젖이라고 여기고 있었는지. 젖을 위한 착각에 빠져서 그녀는 보란 듯이 없는 젖을 짰다. 그것은 또 하나의 퉁퉁 부은 슬픔이었나."

"사라진 그. 그녀 밖으로 그가 사라질 때, 그는 그녀 안에서 나타나요."

"어디 있어요? 그녀는 그렇게 말했지."

"찾아요. 그를. 그것이 퉁퉁 부은 이 모든 것을 끝낼 수 있는 유일한 길."

"유일한 길이라니. 그런 건 없어. 가능한 길만 있을 뿐. 가능한 대로 가자. 어서 가자. 좀더 가자. 여기가 아닌 더 멀리서 끝낼 수 있도록. 더 부어터지도록. 슬픔이어도, 슬픔이 아니더라도."

"그를 찾아서."

"그녀의 목소리를 찾아서."

"이전에 우리가 내뱉은 목소리와 그와 그녀가 흘뜨려놓은 목소리가 아직도 이곳을 떠돌고 있어요."

"도대체 목소리가 몇 개야?"

"있어요."

"이렇게 시작하자. 찾는 것이다. 하나의 실마리를 가지고. 목소리의 실마리. 실오라기. 목소리가 사그라질 듯 사그라지지 않을 때. 목소리. 목소리로. 오직. 가능해야 한다. 새로운 발성법을 배워야지. 목소리가 몇 개이든. 증식하고 분열하는 목소리 속에서. 나는 영원히 목소리를 잃어버린 배우처럼 무대 바깥으로 내몰린 자이고 싶었는데. 당신이 나에게 바라던 원망 같은 것. 따위들. 따귀들."

"목소리가 없으면 우리도 없어요."

"나는 믿지 않았지. 지금도 확신하지 못해. 무대에 올라가본 적이 얼마나 오래되었는지 몰라. 아니, 한 번도 올라가본 적이 없지 않은가. 나의 의자. 나의 위치. 나의 역할이 무대와 가느다란 시선으로 연결되어 있다고 해도, 나는 가짜 대본에 등장하지 않은 인물이다. 그러니 언제든 내가 무대로 올라갈 수 있다고 말할 수 있을까. 누군가 그 말을 했다면 그 말을 믿어야 했을까. 가짜 언어에 무릎을 꿇고, 무릎걸음으로 기어가야 했을까. 은근슬쩍 가짜 대사를 남발하고, 가짜 연기를 펼쳐야 했을까. 무대에 내 몸을 허락해야 할까. 허락됨. 무대는 내 몸을 받아들일까. 그때 나는 어떤 목소리여야 하지."

"어떤 목소리라도."

"나는 지금 나의 목소리에 어울리는 얼굴일까."

"나는 당신이 어떤 얼굴을 하고 있는지 알고 있어요. 하지만 말할 수 없어요. 내 목소리가 당신의 얼굴을 다르게 만들 거니까."

"얼굴 없이."

"목소리가 얼굴을 드러내고 목소리가 얼굴을 감춰요. 얼굴은 감정이고, 목소리는 감정의 저편으로 사라져요."

"아니, 사라지고 싶지 않아."

"목소리에 얼마나 굶주렸는지 몰라요."

"더 굶주려야 해."

"계속 사라져야 해요."

"목소리가 굴리는 눈동자 속에 눈보라가 가득하다. 흰 개가 눈보라 속을 달리며 짖고 있다. 창문이 떨려야 하는데 그렇지 않아. 창문 앞으로 다가가고 싶지만 창문은 너무 먼 곳에 있고, 그것은 나의 것이 아니니까. 아닌 것이기에 계속 탐을 내게 될 거야. 의자가 있다면 창문에 던져야 하리라."

"얼마의 시간이 지났을까요? 언제 시작되었는지 모르니까 얼마나 지났는지 몰라요. 좀더 확장된 시간 속에 나를 버려두고 싶어요. 그 속에서 완벽한 몸짓을 구현하고 싶어요. 완벽하다는 것. 그것은 정체된 활동. 천천히 보다 더 천천히. 빠르게 보다 더 빠르게. 잠재적 몸짓으로 시간의 확장을 증명할 수 있다면. 혁명이 가능하다면 이것이 유일해요."

"혁명이라니."

"내가 먼저 말하고 싶었어요."

"난 말할 생각이 없었어. 그 말을 어떻게 감당하려고."

"이제 우리가 감당하지 못할 말은 없고, 우리를 붙들지 않는 말도 없어요. 나는 말했고, 그것이 원치 않은 이해와 오해를 불러일으킨다면 그것 역시 나의, 아니, 그녀의 몫으로 남겨둘 수 있어요."

"우리는 아직도 가짜 대본을, 가짜 인물을, 가짜 무대를 이해하지 못하고 있어. 이해할 수 없겠지. 영원히 이해하지 못할 거야. 하지만 그게 얼마나 다행인지 몰라. 이해했다면 우리는 목소리에 붙들리지 않았을 것이고, 목소리에 붙들린 우리의 왜곡된 기억과 변조된 우리의 목소리도 없을 거야. 목소리 죽음. 부재 없는 목소리. 계속 사라지는 목소리. 불가능한 진짜 죽음을. 현실이 무대를 압도할 수 있을까. 발가벗길 수 있을까. 헛소동. 헛웃음. 젖을 뿌릴 수 있을까. 젖. 우유를. 우유 속에서 불가능한 실패극이 건축될 거야. 붕괴될 거야. 생각을 게워내는 몸짓으로 퇴장할 수 있을 거야."

"당신은 퇴장할 수 없어요. 등장하지 않았으니까. 퇴장하는 것은 나. 그러나 나는, 그녀는, 그는, 여기 있을 수 없는 당신은."

"그녀는 그의 말을 들었어야 해. 못 들은 척이라도 했어야 해. 그가 무슨 말을 하고 있는지가 중요한 게 아니야. 그가 말을 하고 있다는 것. 오로지 그녀를 향해. 여기서. 이렇게. 그게 중요해. 이 문장을 사랑하지 않을 수 없어. 나는 말한다. 나는 말한다. 여기서. 그녀에게."

"거짓말하지 마요."

"침묵하지 않았어."

"그는 말했고. 그렇게 말하고 그는 또 그녀에게 엎드려 울고 말았지요. 자신의 말속에 갇혀 울음의 철창을 쳤어요. 울음 속으로 퇴장연습을 반복하는 거지요. 그녀가 말할 기회를 빼앗은 채."

"그녀에겐 다른 말이 필요했어."

"그녀에게 다른 말이 있다면 그가 말하지 않는 모든 말이에요."

"가장 깊은 거짓말은 침묵 속에 있다고 들었어."

"그래요. 그녀는 그의 말에 지배당하고 발가벗겨졌어요."

(…… 중략……)

"방금 무슨 소리가 들렸는데."

"못 들은 걸로 해요."

"이제까지 닫혀 있는 귀의 문이 열리는 것만 같아."

"귀를 막아요. 빌어먹을 자연의 소리."

"귀를 막으면 더 잘 들릴 거야. 못 들은 걸로 하고, 이제 그만 일어나자. 몸을 일으키자. 몸이 있다면, 머리가 어딘가 있다면, 그대로 일어났다가는 딱딱하고 뾰족한 무언가에 머리를 박을 것만 같아. 너무나 당연한 사실들이 나를 살아 있게 만들어. 모든 것을 돌아보고 일어나지 않을 일을 의심해야 해. 한 순간도 놓쳐서는 안 돼. 옷을 벗을 순간이 오면 입어야 할 때를 생각해야만 하는 거야. 그나저나 옷을 입거나 벗기라도 했으면. 나는 자연과 분리된 인간이지. 자연, 그것은 무대가 아니야. 자연으로부터 추방당한 자들이 언어를 쓴다. 언어로는 자연을 설명할 수 없어. 자연, 그것은 영원히 무대의 바깥에 존재할 것이다. 우겨보자. 그는 자연인가. 자연이었나. 역시 이렇게 미쳐갈 수밖에 없다. 그를 흉내 내려다 그를 압도하고 말 것이다. 말로써. 가짜 자연 속으로. 말뿐이다."

"그녀는 벌거벗은 채 치아를 조금씩 갈아대면서 자신의 오래된 버릇에 대한 사유에 빠져들었지요. 이 버릇을 쉽게 버리지 못해요. 역시 이것을 사랑하지 않을 수 없다. 언젠가는 이가 다 닳아버릴 것이다. 그땐 잇몸을 부딪치며, 갈아대며, 뭉개진 발음으로 뭔가 말할 수 있을 거야. 그를 제외한 모든 것을 사랑하게 될 것이다. 성나고 짓무른 부위를 빨아줄 거야. 라고."

"화났어요?라고 말하는 당신의 목소리가 기억나."

"그를 제외한 모든 것에 젖을 뿌릴 거야."

"귀를 막아."

"그가 사라지고 얼마 뒤, 아마 그녀가 여전히 무대 위에 놓여 있었을 때, 그러니까 눈이 내리기 직전의 일인데, 도대체 시간이 얼마만큼 흘러갔는지. 그게 그녀의 엉덩이 사이로 들어왔어요. 창백한 그림자처럼 스며들었다고 표현해도 될까. 어떤 낌새도 없었는데 그것이 불쑥 틈을 비집고 들어온 거예요. 확인해볼 필요도 없이 종이였어요."

"이쯤에서 내가 하려던 말을 해볼 수 있을 거야. 나는 이제 모든 일에 시큰둥할 수 있는 만큼 신중해지기로 하겠어. 어떤 상황에서도 감정을 굽히지 않을 거야. 그것은 나의 감정이 충만해 있기 때문이야. 느닷없이 그렇다. 어떤 종이도 나를 흔들지 못해. 종이 따위가 감히."

"저 우연한 침입자. 그녀는 그것을 무엇으로 명명해야 할까, 망설였어요. 종이. 낱장. 페이지. 쪽. 하얀 것. 흰둥이. 허깨비. 덜 떨어진 것. 떠는 것. 떠드는 것. 떠오르는 것. 어쩌면 예고되었는지 모를 상황. 혹은 새로운 경고. 다리를 모아 발바닥을 비비며 먹잇감을 앞에 두고 신중에 신중을 기한다는 것을 스스로에게 증명해 보이려 얼마나 애썼는지 몰라요. 그것을 확인하자. 뭐, 놀라운 일이 벌어지겠는가. 그가 사라지고 말았는데. 나의 언어는 이미 그의 언어에 지배당하고 있는데. 나의 언어는 점점 빳빳해지고, 목소리는 금이 가고 있는데,라고 그녀는 말할 기회를 기다렸어요. 습기 가득한 나무 바닥. 주름들. 먼지들. 냄새들. 정적들. 시간들. 초조와 불안. 감정들. 판단들. 따위들. 따귀들."

"종이에 적혀 있는 언어가, 대체 어떤 언어가 적혀 있을까, 막연하게 아무것도 적혀 있지 않기를 바란다, 그래야 그녀가 채워 넣을 수 있지 않겠는가, 뭐라고 채워 넣든지 간에 채워 넣을 수만 있다면, 그녀의 삶을 뒤바꿔놓을 수도 있을 것이다. 라고 사라진 그가 멀리서 추측하고 있었을 거야."

"도대체 어떤 언어가 삶을 뒤바꿔놓을 수 있단 말이에요."

"여기로 와."

"여기예요. 저리 가요. 이리 오지 마요. 텅 빈 백지처럼 언제까지 이렇게 날 내버려둘 거예요,라고 그녀는 소리칠 준비를 하고 있어요. 여전히 이곳에서."

"그를 향한 고백들은 모두 핑계와 구실에 지나지 않았을 거야. 그는 노란 구름 아래 노란 버섯을 내려다보고 있는 사람처럼, 무대 아래로 팔을 늘어뜨린 채 볼품없는 낯짝을 하고서, 죽음을 동경하다 막상 죽음 앞에서 머뭇거리는 그의 눈에는 한 방울의 눈물이 고여 있어야 하지. 그녀는 그의 눈물을 혀끝으로 녹이며 노란 구름 아래로 그를 굴려야만 했지. 굴러 내려가면서, 노란 버섯을 향하면서, 미래의 죽음을 맞이하면서, 그는 자신의 구르기 연기를 의식하며 팔다리를 최대한 자연스럽게 보이게 하기 위해 부자연스럽게 움직였겠지."

"그녀는 아무렇지도 않게, 누구의 눈치도 보지 않고, 그가 있을 때는 그의 눈치를 보느라, 그가 없을 때는 그의 언어에 눈치를 보느라 그녀는 제대로 살 수가 없었다, 제대로 죽기로 결심하며, 죽기 전에 죽음을 시험하듯, 팔을 뻗어 엉덩이 사이에 있는 종이를 집어 들었지요. 처음엔 알아보기 힘들었지요. 흰 종이에 흰 글씨라니. 언어가 서서히 드러나면서 그녀는 그것을 읽었어요. 천천히. 또박또박. (무대에서 내려오지 말 것) 이것이 그녀에게 지시된 처음이자 마지막 지문, 지시문이었지요. 그리고 그가 무대 바깥에서."

"무대 바깥에 있는 그가 돌아누워 있는 그녀의 몸을 보며 말했지. 그녀는 결코 돌아보는 법이 없이 그의 말을 몸으로 들었지. 몸에게. 누가 너를 여기에 붙들어놓았는가. 밖에서 무슨 일이 벌어지고 있는가. 뼈가 시린 겨울이 지속되고 있다. 창이 떨린다. 언제나처럼 밖으로부터 강풍이 몰아치고 있다. 강풍의 속삭임이 얼마나 나를 유혹했는지 모른다. 저 눈속임의 눈보라. 얼어붙은 모든 사물이 곤두서 있다. 저 흰 것. 홀리게 만드는. 홀리고 싶은. 나는, 우리는, 그녀는, 몸은, 얼마나 이 계절을 기다렸는가. 사랑했는가. 했겠는가. 견뎌내려고 필사적이었던가. 얼어붙은 무대를 밟으면 발바닥이 쩍하고 갈라졌다. 떨리는 입술로 독백을 시도하면 언어가 쪼개졌다. 바닥에 떨어지기 전 얼어붙었고 바닥에 닿으면 산산조각이 났다. 몸이여, 나는 더 이상 전진할 수 없어. 모든 것이 얼어붙었어. 두개골 속의 두개골 속의 두개골 속에 고드름이 맺히고 있어. 목덜미에 물방울이 고였다. 입김. 더럽힘. 끌어당김. 밀쳐냄. 가로막힌 언어. 맴도는 목소리. 몸, 너는 이 혹한의 겨울 어디를 헤매고 있을까. 누구의 엉덩이 속에, 어느 사물의 틈 사이에, 이름 없는 폐허의 무대 구멍에 성나고 짓무른 부위를 집어넣어 녹이고 있는가. 자발적 유폐. 능동적 침잠. 이름 붙여야 한다면 너는 그렇게 갇혀 있던 것이다. 흰 언어들이 휘어지기를 기다리며. 목구멍에 잔뜩 낀 성에를 녹이려 혀를 말아대면서.

흰 언어가 흰 종이로 스며들고 있다. 스며들기 전 종이를 찢는다. 눈속임과 입막음의 언어들이 갈기갈기 찢겨 눈처럼 날린다. 사유 없는 비유로 나의 미래를 조롱한다. 유일한 방법에 대해서만 생각하자. 그것이 거짓이라 해도. 나는 여기서 나가야만 한다. 발바닥에 힘을 주자. 구름판이 있다면 좀더 쉬울 것이다. 어릴 적에는 달려가다 구름판 앞에서 정지하곤 했지. 구름판 때문에 발을 구를 수가 없었어. 구름판에서만 발을 굴러야 한다는 명령이 나를 얼마나 초조하고 불안하게 만들었는지. 높이 뛰고 멀리 뛰는 것은, 그러니까 이곳을 넘어 저곳에 도달하기 위해서는, 언제나 이곳이면 충분했는데도, 구름판이 절대적이었지. 어쩌면 저곳에 도달하는 것보다 구름판에서 발을 굴러야 한다는 사실이 더 중요하게 생각되었지. 아니, 그게 전부였어. 구름판이 없었다면 발을 좀더 잘 굴렀을 텐데. 하지만 이젠 구름판이 필요하다. 언제 발을 굴러야 할지 잘 알고 있다. 장담할 수는 없지만. 언제나 정신과 육체가 서로를 밀어내면서 끌어당기고 있지만. 발을 굴러야지. 구름판을 떠올리자. 그것이 상상에 불과하더라도. 상상이기에 더 잘 구를 수 있을 것이다. 발을 굴리자. 발을 굴러라. 몸이여, 너의 무대 바깥으로 나가라. 튕겨나가야지. 한 번에 튕겨나갈 수는 없을까. 두개골이 깨지더라도. 두개골 속의 또 다른 두개골이 있다는 것을. 결코 끝이 없다는 것을. 당연히 끝을 낼 수 없다는 것을. 발을 구른다. 몸에 달라붙어 있는 먼지와 소음과 정적들이 비늘처럼 돋는다. 돋아라. 그녀의 엉덩이가 종이를 씹어 삼키고 있다. 지문, 지시문은 이미 사라져버렸을 것이다,라고 그는 말을 마쳤지. 몸에게."

"그녀의 손이 그의 엉덩이 사이로 들어온 날이었어요. 짜증스럽게도 모든 것이 흐릿했는데 그것만은 속일 수 없어요."

"차라리 혁명이라고 말해."

"화났어요?"

"방금 아무 소리도 들리지 않았어."

"그녀는 자신의 몸에 흡수된 그의 언어들을 읽었지요. 예상과 추측의 반전을 기대하면서. 그의 말과 무관한 다른 언어들이 단 한 권의 대본 딱지를 만들어내고 말았고, 그녀는 딱지 대본에 의미를 부여하기 위해 마른 젖을 짜듯, 아무도 듣지 못할 말을, 그의 억양으로, 말했지요. 이렇게. 어떤 문장들은 지시하고 형용한다. 요동친다. 그러지 못한다. 아무것도 지시하고 형용하지 못하는 문장들이 페이지에 가득하다. 빈 페이지.

낱장들. 나는 아무것도 기록하지 못했다. 기록하지 못했으니 증명하지 못한다. 내가 움직이는 것은 첫 단어를 발음하는 것과 비슷하다. 몸, 하고 부르는 소리는 더 이상 들리지 않는다. 귓속에 몸 소리가 가득하다. 입술의 떨림. 목구멍 가득 노란 구름이 지나가고 있다. 이런 이야기를 언제 들었는지 모르겠다. 언제 다시 들릴지 모르겠다. 들리는가. 들리지 않는다. 누가 무대에서 벌어지는 모든 것에 집중할 수 있겠는가. 사건과 사건과 사건이 없는 시간이 지속되고 있다. 몸 자국을 남겨야 한다. 여기, 이렇게 몸으로 버티고 있는 것이 사건이라면 사건이다. 언제나 종료되는 것은 상황이지 사건이 아니다. 그리고 판단이 중요하다. 반전이 필요할 때는 언제나 반전의 파도가 문장을 휩쓸고 지나간 뒤다. 판단하라. 따귀하라. 이건 그의 목소리가 아니다. 자연하라. 끝내."

"자연, 그것은 벌거벗은 세계에서만 목소리로 얼굴을 들이밀곤 한다."

"자연, 관능의 무대."

"퇴장이 없는 인물. 왜 나는 그의 목소리가 되었을까. 그에 관한 모든 이야기는 (중략) 속에 갇혀 있다. (중략). (중략)

의 괄호가 열리기를 기다린다. 기다리지 않는다. 움직인다. 전진한다. 혁명한다. 이번엔 내가 말할 차례이다. 듣고 있어, 당신? 모든 이야기의 뒤편에는 (중략)이 숨어 있다. 더 이상의 전진도 후퇴도 없이 (중략)할 수 있기를. 자연에 영혼이 더럽혀지고 있다. 자연은 (중략)을 허용하지 않는다. 이건 행동의 문제이지 의식의 문제는 아닐 거야. 결국 한 발자국도 움직이지 못한 거야. 나는 이제 인물의 탈을 쓴 인물이고자 한다. 무대 앞에서. 인공 자연. 아니다. 첫 무대. 첫 연기. 첫 대사. 첫 실수. 첫 웃음. 첫 바깥. 처음이자 마지막으로. 마지막 울음. 실로 놀라운 일은 (중략) 속에 갇혀 있다. 여는 괄호와 닫는 괄호 안에는 언제나 언어가 숨어 있다. 언어는 괄호를 끌어당기고 밀어낸다. 자연, 그것은 언어의 괄호에 다름 아니다. 이것을 증명할 길이 없다. 이 무대에서는. 오직. 오로지. 와라."

"당신과 당신의 말과 상관없이, 나는 그녀의 억양으로 발음해요."

"내가 여기 등장했다. 모든 인물을 퇴장시키고. 단 하나의 인물을 부른다. 없는 이름. 가짜 목소리로만 떠도는."

"나는 발음해요."

“보다 부정확하게!”

“구름이 흘러가고 있어요. 역시 더러운 솜뭉치가. 객석의 의자는 일정한 간격을 유지하고 있어요. 없는 관객들의 얼굴 표정이 보여요. 그들의 눈동자가 빠르게 천천히 움직여요. 내가 무대의 저편에서 이편으로 이동하려는 잠재적인 상태에 빠져 있을 때. 그들의 시선에 이미 나는 벌거숭이가 되어 있어요. 저들이 무엇을 기다리고 있는지 나는 알지 못해요. 영영 모르고 싶어요. 믿은 것이 잘못이었나. 무엇을 믿고 무엇을 믿지 말아야 했을까요? 믿지 않고서는 무대에서 제대로 멈춰 있을 수조차 없었어요.”

“항문을 열어 보이며.”

“나는 발음해요.”

“움직임으로.”

“목소리해요.”

"제스처."

"보이스."

"돌아간 거야?"

"되찾고 있어요. 되찾고 싶지 않아요."

"그만."

"그만이지 않게."

"않게. 더."

"그러니까."

"더 가서."

"그가."

"그녀와."

“언제나 그런 식이었어요. 누군가 손가락이 아프면 그는 팔이 썩어간다고 말하는 사람이었지요. 그 점이 그에게 다가가게 만들고 그에게 질려버리게 만든 거야. 내 말이 맞지요? 아니라고 말 못할 거야? 당신이 아니라 그가 대답해요. 아니라고 해도 나는 믿지 않아. 그는 사라지지 않았고, 사라졌어요. 아주 질려버리는 일인 거지. 그녀가 질리기 전에 그가 먼저 사라지고 만 거야. 무대에서. 완벽히. 가짜 마술사처럼. 가짜 이름도 없이. 그녀의 목소리 속으로. 침묵과 함께. 거짓말 속으로.”

“그를 영원히 그녀에게 붙들리게 하고 싶었어. 그를 이해시킨 다음 무대 바깥으로 던져버리고 싶었지. 무대 바깥에서 어쩔 줄 몰라 하는 그를 다시 그녀의 억양 아래 두고 싶었어. 영원히 막이 내리지 않는 무대에. 목소리로만.”

“그의 목소리가 들리지 않을 때 당신의 목소리가 들렸고, 그녀의 목소리가 들릴 때 당신의 목소리가 들렸어요.”

“오로지 그녀의 목소리로만.”

"그녀의 목소리는 외면할수록 점점 더 다가왔어요."

"그에게서 멀어져서 다시 그녀에게로."

"다시 그녀에게로 가서 더 그는 멀어지고."

"그와 그녀의 목소리를 중지시킬 수 있는 무대가 있을까."

"자연의 소리는 언제나 무대의 바깥에 있어요."

"끝을 낼 수 있다면."

"끝내 목소리를 원해요."

"되찾아."

"되찾아요."

"그건 다시 모든 것을 시작으로 돌리는 것이 될 거야. 세계의 항문이 열리고. 거기서 귀엽고 독특한 것이 쏟아지는 것이 아니라 귀엽지도 독특하지도 않은 모든 것이 그 속으로 빨려

들어가는."

"언제나 열려 있어요."

"그게 끝일 순 없어."

"우린 결국 눈밭에서 뒹굴지 못했어요."

"옷을 벗지 못했으니까."

"눈이 내리고 있지 않으니."

"옷을 벗지 못했더라도."

"나는 이제 아무것도 보지 못해요. 그러니 정말 (중략)이 될지 모르지요. (중략) 이후에도 그와 그녀의 목소리가 계속될 거라 믿어요. 믿지 못해요. 믿지 않아요. 발등이 찍히고도 걸어가는 사람이 있을 것이고. 역시 믿지 못하겠어요. 성나고 짓무른 것을 잡고 있는 자여, 자연이여, 성나고 짓무른 것을 놓아라. 놓쳐라. 무대가 쪼개지기를 기다렸나요. 지금으로서는 이게 최선의 믿음이지요. 나타나지 않고 말하지 않을 거야. 목소리만 무대의 바깥을 떠돌겠지만. 기억하지 마요. 기록하지 마요. 곧 무대의 불이 깜빡이겠지요. 비로소 시작될 것이고, 관객은 잃어버린 시간을 저주하듯 두 눈을 똑바로 뜨고 관능의 무대를 바라볼 텐데. 제스처. 보이스. 실오라기들."

"들을 수 있을까."

"어디 있어요."

"이리로 와."

"목소리를 따라."

"들리지 않아."

"돌아와요."

"머물러 있어."

"돌아오지 마요."

“붙들려 있어.”

“돌아가서요.”

“돌아오지 않기를.”

“머물러요.”

“머문 상태로.”

“붙들린 채.”

“머문 상태에서만.”

“사라지면서.”

“머물며 사라지는 동안.”

“엎드려서.”

“성나고 짓무른.”

"우유를."

"실오라기가."

"우유를."

"실오라기가."

"우유를!"

"우유를?"

"우유를!"

"우유를!"

"더 많은 우유를!"

"더! 더! 더!"

"짤게요!"

〔끝〕

한 번쯤
— 유언주의자의 공연(空演)

조효원

1. 곳

읽기 어려운 글은, 있을 수 있는 다른 모든 장점과 통찰을 처음부터 무시당한 채, 오직 읽기 어렵다는 이유만으로 비난받고 기각된다. 그러나 읽기 어려운 글보다 더 편리한 비난의 표적이 되는 글이 있다. 리듬과 연상에 의지해 나아가(는 듯 보이)는 글이 그것이다. 단적으로 말하자면 이 소설(?) 『벌거숭이들』이 단적인 예다. 소설이 아니라 말장난이다. 문학이 아니라 망상이다. 작품이 아니라 습작이다. 분명 이렇게 판결 내리는 독자가 있을 것이다. 명확한, 그러니까 쉬운, 아니 묵직한 감동 혹은 긴 여운을 느끼게 해주는 메시지가 없(어 보이)

기 때문이다. 읽기 어려운 글과 리듬-연상의 복잡계로 구성된 글을 구별하는 것은 그런 독자에게는 실로 요원한 일이다. 다시 말해 그는 난삽해 보이는 글이 난잡한 이유를 구체적으로 제시하지 못하고, 그렇다고 다양한 연상들로 조직된 리듬 혹은 리듬에 의해 떠오르고 뭉쳐진 연상들의 어울림을 제대로 감지하지도 못한다. 만약 그에게 글이 난삽하게 느껴지는 이유에 대해 깊이 톺아볼 능력과 여유가 있었다면, 혹여 생긴다면, 분명 그 글은 처음부터 난삽한 글이 아니었거나, 혹은 더 이상 아니게 될 것이다. 아니, 사태를 더 정확히 적시하자면, 그는 스스로 비난의 잣대로 들이댄 '난삽하다'는 형용사 혹은 '말장난'이라는 복합명사의 뜻조차 제대로 궁리한 적이 단 한 번도 없을 것이다. 그래야 할 이유가 없기 때문이다. 모름지기 비난이란 스스로 충만한, 다시 말해 압도적으로 자족적인 언어활동일 수밖에 없지 않은가.

그런가 하면, 추상적인 문제들의 전문가를 자처하는 이들은 리듬과 연상에만 치우친 (듯 보이는) 글에는 실제로 중차대한 사변이 들어 있지 않다고, 들어 있을 수 없다고 관습적으로 예견하며 요청된 독서를 가뿐히 건너뛴다. 개념이 제대로 세공되지 않았거나 논변이 충분히 탄탄하게 짜여져 있지 않을 거라고 미리, 그러니까 허술하게, 단정 짓는 것이다. 만약 누군가 그들에게 개념을 정밀하게 다듬는 작업이 어째서 리듬과 연상으로 꾸려진 실천계를 배제하(는 것이어야 하)는지를 묻는다면, 그들은 분명 또다시 또 다른 개념의 엄밀성을 요구하며 질문 자체를 배격할 것이다. 만약 논변의 리듬이 변론의 체계를 (거의) 완벽하게, 그러니까 과장되게, 마치 과대 포장처럼 감싸고 있는 경우와 맞닥뜨린다면, 아마 그들은 논변이라는 장르 자체를 방기할지도 모른다. 그러나 그것이 실제로 가져올 효용 혹은 효과를 논외로 한다면, 논변이 하나의 (명확한) 장르라는 망상은 마땅히 폐기되어야 하는 것이 아닐까.

그런데 사변의 전문가들이 자신들의 논변을 포기하기 전에 이미 『벌거숭이들』의 저자는 자신의 소설을 포기했다(다른 이들의 소설은, 극소수의 예외를 제외한다면, 그보다 더 훨씬 전부터 이미 그의 안중, 아니 근처에도 없었다). 또한 (표정을) 읽기 쉬운 독자들이 번잡한 가면놀이 같은 말장난에 벌건 분노를 표출하기 훨씬 전에 이미 김태용(이라는 이름으로 가려진/가리켜진 어떤 사람)은 작품의 이념을 은밀히 견제하기 시작했다. 저자 인구의 폭발과 더불어 망상의 우주가 팽창하기 훨씬 오래전에 벌써 그는 문학의 영토, 아니 게토를 떠났다. 그리고 남은 것 혹은 남는 것은 허물 벗는 언어, 언어들이다. 오싹하거나 민망할 정도로 노골적인 유언 혹은 허무로 수렴될 것만 같은 절대적인 유언. 오직 언어만이 남는다. 끝까지 언어는 남아 있(을 것이)다. 소리와 리듬에(서) 빠지는 어떤 꿈틀거림,

꿈속에서만 출 수 있는 막춤의 자잘한 동작들로 연속하는 언어(들). 청각과 촉각의 두 원이 가까스로 내접하는 시각의 무한점으로 축소되는 언어. 촉각을 의심하고 청각을 불신하며 시각의 맹점에 절망적으로 매달리는 언어. 볼 수 없고 들을 수 없고 만질 수조차 없는 언어. 기적의 표식 혹은 불행의 징조처럼 읽히는 언어. 띄엄띄엄 읽히는 것이 제 존재 가능성의 전부인 언어. 혀끝으로 찔끔찔끔 핥듯이만 읽을 수 있는 언어. 헐떡헐떡 가쁘게 숨 쉬듯 읽을 수밖에 없는 언어. 가장 모호한 미각과 가장 확실한 생(의 감)각이 서로 부딪치는 한 모서리에 간신히 매달려 있는 언어. 간당간당한 가난한 언어. 『벌거숭이들』은 말하자면 문장이 끝난 뒤 잘못 혹은 억지로 찍힌 마침표 같은 언어-괴물이다. 언어의 집합에 편입되지 못하는, 편입될 수 없는 구두점—마침표, 쉼표, 괄호, (세미)콜론, 느낌표, 물음표, 그리고 무엇보다 띄어쓰기 틈(휴지)—들은 빼곡히 운집한 언어(들) 사이사이 구멍을 뚫으며 나아간다. 그러나 구멍을 뚫는 것만으로는 부족했던 것이 틀림없다. 그는 숫제 파괴적인 새 철자들을 갈망하기 때문이다(참고로 말해두자면, 이처럼 파괴적인 욕망과 관련하여 전통이나 계보를 따지는 것은 전혀 쓸데없는 일이다).

모든 것이 이곳을 설명하기 위한 규칙과 오류에 불과하다.

우리의 시선. 시선을 쪼개는 응시. 목소리. 목소리를 파열시키는 억양. 움직임. 다음. 깜빡임. 다음. 침묵. 다음. 웅크림. 다음. 앙갚음. 관용. 형용. 허용. 괄호. 마침표. 다음. 주인을 잃고 헤매다 동사로 추락하고 마는 주어들. 모든 것이 이곳을 드러내고 있다. 있지 않은가. 우리는 곧 이곳의 일부이고 이곳이 곧 우리다. 얼마나 편한가. 우리가 우리의 머리 위를 쳐다볼 수 없듯 우리에게는 이곳을 차지할 공간 적응, 공간 저항 능력이 부족하다. 얼마나 불편한가. 발음기호를 위반할 더 많은 철자를 다오. 아직 막이 오르려면 멀었다. (p. 22)

모든 것이 이곳을 드러내고 있지만, 이곳은 우리의 자리가 아니다. 여기서 이곳은 특정할 수 없는 무대, 우리는 서로를 전혀 모르는 배우(들)이다. 표면 층위에서 우선 『벌거숭이들』은 연극적 상황을 배경으로 한다고 말할 수 있다. 그러나 이때 연극적 상황은 이미 언어에 의해 해체되고 있는 상황이다. 그렇기 때문에 불특정한 연극적 상황이라는 이유만으로 사무엘이란 이름과 고도라는 수수께끼를 떠올리는 것은 매우 불편한 해석이 될 수밖에 없다. 차라리 연극 이전, 아니 연극 직전의 상황에 어쩔 수 없이 내몰려 있는 것이 이 작품(?)의 배경이라고 말하는 편이 옳을 것 같다. "아직 막이 오르려면 멀었다." 그러나 『벌거숭이들』에 관해 말하기 위해서 배경을 지목하는 것은 전혀 무의미할 뿐 아니라 실상 가능하지도 않다. 왜냐하면 모든 것이, 모든 언어가 드러내는 '이곳'이란 실로 전혀 아무 곳도 아니며, 더 근본적으로는 '곳' 자체가 아니기 때문이다. 여기서 (이)곳은 '(이)곳'이라는 언어 외에 다른 어떤 것도 아니다. 다시 말해 '(이)곳'이라는 작디작은 단어가 『벌거숭이들』의 배경이고 무대이며 유일하게 가능한 장소인 셈이다. 이 두 글자 혹은 한 글자가 적히는 (종이 혹은 화면 혹은 생각의 지평 속) 지극히 작은 공간. 이 단어가 가볍고 얇은 호흡에 실려 소리로 실현되는 지극히 짧은 순간, 아니 공기 속의 어떤 떨림. 이것을 배경이라 부를 수는 없을 것이다. 게다가 '이곳' 다음에 곧바로 수많은 '다음'들이 들이닥치지 않는가. 다시 말해 무수한 '이곳'들은 끊임없이 수많은 '다음'들에 의해 제지당하거나 추방당한다. 그러니 사실 우리에게 공간 적응 능력 혹은 공간 저항 능력이 부족한 것이 아니다. 오히려 공간 자체가 무능력하다고 말해야 한다. 하물며 그 무능력한 공간의 작은 일부에 기적처럼 불행처럼 간신히 매달리는 존재라면. 벌거벗은 김태용은 '이곳' 위에 불안하게 서 있거나 '(이)곳'에 위태롭게 매달려 있다.

2. 뜬구름

많은 사람들이 문학은 뜬구름 잡는 소리라고 이야기한다. 이것은 굳어진 상식에 가깝다. 그러나 김태용의 먼 주변에서 이루어지는 문학(들)은 뜬구름보다는 현실을, 현실적인 세력을, 그리하여 사람들의 이목을 잡(으려)는 이야기에 가깝다. 반면 김태용이 쓰(거나 싸)는 글들은, 언뜻 보기와는 정반대로, 사람들의 상식에 완벽히 부합한다. 그의 글들은 그 표현의 완벽한 의미에서 '뜬구름 잡는 소리'다. 다만 이 구름은 하늘에 떠 있지 않다. 김태용의 글구름은 마치 황달에 걸린 사내의 얼굴마냥 그 자체가 누렇게 뜬 구름이다. 아니 어쩌면 그는 온 하늘을 노랗게 뜨게 만들고 싶었는지도 모르겠다. 그리고 짐작컨대 이것이 그가 '노란 구름'에 대해 강박적으로 말하는 이유일 것이다.

노랑이는 어디로 사라졌는가. 또다시 뭔가를 좇고 싶어 안달이 났는가. 목구멍 담배를 피우면서. 바지에 오줌을 조금씩 지리면서. 뭐, 다 그런 거 아니겠어,라고 중얼거리며 언제나처럼 떠날 때는, 아니 사라질 때는 뒤를 돌아보는 법 없이. 자연을 모독하고 지상을 조롱하는 노란 구름에 휩싸인 채. (p. 37)

'자연을 모독하고 지상을 조롱하는 노란 구름'은 그러나 다만 좁은 무대 뒤편에 세워진 작은 구름판에 지나지 않는다. 물론 무대의 구름판 역시 얼마든지 자연을 모독할 수 있고 지상을 조롱할 수 있다. 다만 자연과 지상이 무관심할 뿐이다. "뭐, 다 그런 거 아니겠어,라고 중얼거리며" 모독 앞에서 무관심한 자연 앞에서, 조롱에도 아랑곳 않는 지상에서, 모든 기억은 그저 가볍게 지나간다. 그런 의미에서 김태용의 산문은 기형도의 시와 정면으로 충돌한다고 볼 수 있다. "기억할 만한 지나침"에 집착하는 시에 맞서 "지나칠 만한 기억"에 사로잡힌 산문이 등장한 것이다. 벌거벗은 자가 갇혀 있는 "이곳"은 넥타이 맨 사내가 우연히 지나쳤던 "그곳"과 겹친다.

그리고 나는 우연히 그곳을 지나게 되었다
눈은 퍼부었고 거리는 캄캄했다
움직이지 못하는 건물들은 눈을 뒤집어쓰고
희고 거대한 서류 뭉치로 변해갔다
무슨 관공서였는데 희미한 불빛이 새어 나왔다
유리창 너머 한 사내가 보였다
그 춥고 큰 방에서 書記는 혼자 울고 있었다!
눈은 퍼부었고 내 뒤에는 아무도 없었다
침묵을 달아나지 못하게 하느라 나는 거의 고통스러웠다

어떻게 해야 할까, 나는 중지시킬 수 없었다
나는 그가 울음을 그칠 때까지 창밖에서 떠나지 못했다

그리고 나는 우연히 지금 그를 떠올리게 되었다
밤은 깊고 텅 빈 사무실 창밖으로 눈이 퍼붓는다
나는 그 사내를 어리석은 자라고 생각하지 않는다

—기형도, 「기억할 만한 지나침」 전문

이 사내와 '나'의 겨울은 물론 프라하의 겨울은 아니다. 그러나 서류 뭉치에 의한 종이 먼지들이 눈처럼 흩날린다는 점에 주목하면 프라하라고 해서 특별한 겨울을 소유할 수는 없다. 창밖이든 텅 빈 사무실 안이든 눈이 퍼붓는다는 점에서는 어디든 마찬가지다. 이곳이든 그곳이든 혹은 그 밖의 어디든. 문제는 퍼붓는 눈, 서류 뭉치로 쌓이는 눈이기 때문이다. "그러니 한없이 눈이 내리는 창에 이마를 대는 것으로 영원한 황혼의 공간 속에서 하루를 시작하고 마감할 수밖에 없지 않은가. 딱히 언제 하루가 시작되고 하루가 마감되는지 알 수 없지만 말이다(p. 35)." 안과 밖 모두 눈이 퍼붓는 곳이라면 유리창이 있다고 해서 딱히 상황이 더 나아지는 것은 아니다. 그러니 창밖을 떠나지 못한다고 특별히 더 나쁜 것은 아니라고 할 수 있다. 하물며 유리창에 이마를 대는 것으로 하루를 열거나 닫는 게 무슨 의미가 있단 말인가? 그러나 만약 우리가 유리창의 도드라지는 특성, 즉 투명성에 주목한다면, 달리 어찌할 수 없는 그 상황에서 빠져나오지는 못한다 해도, 적어도 그 상황을 투명하게 바라볼 수는 있게 된다. 그런데 유리창이 투명하다는 것이 어떻단 말인가? 유리창의 투명성이 일종의 절대적 저항력을 발휘하는 순간은 그것이 하얀 종이 뭉치들 사이에서 스스로를 드러낼 때이다. 다시 말해 모든 것이 숨 막힐 정도로 하얗다면, 투명한 것은 부족하나마 숨 쉴 틈이 되어줄 수 있다. 그러나—무엇보다 이 점이 중요한데—쓸 수 있다는 점에서 유리창은 일종의 종이다. 그러나 유리창에 쓰기 위해서 필요한 것은 손보다는 우선 호흡, 즉 입김이다. 그러나 입김은 다시 추위를 필요로 한다. 다시 말해 유리창은 오직 겨울에만 쓸 수 있는 종이인 것이다. 기형도의 시와 김태용의 산문이 모두 겨울에 갇혀 있는 것은 우연이 아니다. 그리고 그들의 시와 산문은, 비록 상반된 형식을 채택했고 또한 서로 반대 방향에서 출발하지만, 서류 뭉치가 만든 혹한을 이기기 위해 난롯가가 아닌 창가를 택한 돈키호테적 기지를 담고 있다는 점에서 일치한다. 넥타이를 맨 사내가 지친 목소리로 읊조린다면, 벌거벗은 남자는 호기롭게 외친다.

"나는 그 사내를 어리석은 자라고 생각하지 않는다."

이쯤에서 내가 하려던 말을 해볼 수 있을 거야. 나는 이제 모든 일에 시큰둥할 수 있는 만큼 신중해지기로 하겠어. 어떤 상황에서도 감정을 굽히지 않을 거야. 그것은 나의 감정이 충만해 있기 때문이야. 느닷없이 그렇다. 어떤 종이도 나를 흔들지 못해. 종이 따위가 감히. (p. 187)

종이 따위를 무시할 수 있는 것은 유리창이 있기 때문이다. 물론 그렇다고 해서 그의 말이 허세라는 사실은 달라지지 않지만 말이다. 서류의 혹한 속에서 유리창에 이마를 대면 아마 그의 얼굴은, 아니 그의 하늘에는 노란 구름이 뜰 것이다. 얼굴이 노랗게 뜨는 것은 보통 병증을 가리키는 징후로 간주된다. 그러나 노랗게 뜨는 것이 구름이라면 어떨까? 그것은 온통 새하얀 눈으로 뒤덮인 세상에 흩뿌려진 노란 오줌과 같은 것이 아닐까? 그것은 하얗게 정돈된 서류 더미에 무참히 엎질러진 커피 얼룩 자국 같은 것이 아닐까? 어쨌든 벌거벗은 김태용에게 이것은 '유일한 방법'이다.

스며들기 전 종이를 찢는다. 눈속임과 입막음의 언어들이 갈기갈기 찢겨 눈처럼 날린다. 사유 없는 비유로 나의 미래를 조롱한다. 유일한 방법에 대해서만 생각하자. 그것이 거짓이라 해도. 나는 여기서 나가야만 한다. 발바닥에 힘을 주자. 구름판이 있다면 좀더 쉬울 것이다. 어릴 적에는 달려가다 구름판 앞에서 정지하곤 했지. 구름판 때문에 발을 구를 수가 없었어. 구름판에서만 발을 굴러야 한다는 명령이 나를 얼마나 초조하고 불안하게 만들었는지. 높이 뛰고 멀리 뛰는 것은, 그러니까 이곳을 넘어 저곳에 도달하기 위해서는, 언제나 이곳이면 충분했는데도, 구름판이 절대적이었지. 어쩌면 저곳에 도달하는 것보다 구름판에서 발을 굴러야 한다는 사실이 더 중요하게 생각되었지. 아니, 그게 전부였어. (p. 191)

그러니까 유일한 방법은 동시에 부질없는 방법인 셈이다. 모든 기억이 지나칠 만한 기억인 세상에서는 이곳으로 저곳으로 넘어가겠다는 결심 혹은 탈출을 향한 의지 또한 지나갈 수밖에 없다. 그러므로 중요한 것은 기억이 아니라 모든 기억의 지나침이다. 그리고 지나가는 것, 지나치는 것을 유일한 운동으로 삼는 존재는 바로 구름이다. 구름은 떠 있지만, 그것을 판으로 삼아 발을 굴러야 한다는 사실. 아래-위가 뒤집어진 세계. 저 높은 구름이 발아래 판과 결합되는 세계. 이것이 남아 있는 언어의 세계다. 김태용이 '이곳'에 서 있거나 '(이)곳'에 매달려 있다고 한 진술은 (노랗게) 뜬-구름(판)에 이르러

충만한 타당성을 확보한다.

3. 쯤

틀림없이 '소설'로 분류되어 서가에 배치되겠지만, 『벌거숭이들』은 사실 장르파-괴물이다. 혹시 김태용은 한 번쯤 이런 작품(?)을 써도 좋겠다고 생각한 것일까?라는 의문은 접어두는 게 좋겠다. 왜냐하면 그는 실상 장르 따위는 파괴할 가치조차 없다고 생각하는 편에 가깝기 때문이다. 위악과 과장을 적당히 섞어 말하자면, 김태용은 실로 소설 따위는 써본 적이 없다고 말할 수도 있을 것이다. 소설이라니. 그런 이름이 뭐가 중요하겠는가? 아니, 실로 어떤 이름이든 전혀 중요하지 않다. 왜냐하면 그것이 어떤 색채를 띠는 하얀 종이 가루 휘날리는 세상에서는 하얗게 지워질 것이기 때문, 아니 이름은 지어지는 순간 언제나 이미 하얗게 지워지기 때문이다. 지워질/지워진 이름 따위. "빌어먹을. 이름 따위가 나의 육체를 흐느적거리게 하고 정신을 갉아먹다니. 여전히 이름에 사로잡혀 있다니(p. 124)." 우리가 이름에 사로잡히는 것은 그것이 이름이기 때문이 아니라 지워진 이름이기 때문이다. 그렇다면 무엇이 남는가? 다시, 언어다. "갑자기 머릿속을 스치고 지나가는 것. 이마를 뚫고 나오는 단어. 작은 흠집과 커다란 울림. 한 번도 가져본 적 없지만 되찾은 이름(p. 128)." 벌거벗은 사내는 '한쪽으로 기울어진 무대'—아마도 창가 쪽일 것이다—위에서 처음부터 지워져 있던 이름, 가져본 적 없었던 이름을 (되)찾는다.

> 나는 그것을 이제 마라롱이라 부르겠다. 부르면 지식이 되는 이름. 각자의 마라롱을 내려다보고 있을 때 우연히 웃음이 터져 나오게 만들어야 돼. 인간들을 웃다 죽게 만들어야 해. (p. 128)

이쯤에서 김태용, 아니 벌거벗은 산문가의 진짜 적을 밝혀야겠다. 이미 눈치챘겠지만, 그것은 개그다. 그렇지만 어떻게 개그를 이길 수 있을까? 아직 눈치 못 챘겠지만, 이미 답은 제출되었다. 그것은 죽음이다. 개그는 인간들을 그저 웃게 만들지만, 벌거벗은 산문가는 그들을 웃다 죽게 만들고자 한다. 웃음과 죽음. 이것은 정숙한 문체의 실험 따위를 끝없이 반복하는 문학가들이 도무지 이해할 수 없고 눈치챌 수 없는 (당면) 과제다. 매끈하게 언어를 조탁하고 세련되게 분위기를 만들며 그럴듯하지만 적당히 신비로운 상황을 설정한 뒤, 마지막에 독자의 가슴 한켠을 아리게 만들 감동 한 덩어리를 능숙하게 삽입하는 노동자들. 물론 그런 실험들에도 웃음의 기미

와 죽음의 분위기는 있다. 그러나 웃음과 죽음이 문제로서 과제로서 전면에 나서는 경우는 (거의) 없다. 벌거벗은 산문가가 장르와 문학(판)과 거기에 딸린 모든 것을 내팽개치면서까지 남아 있는 언어를 쓰(거나 싸)는 이유는 웃음과 죽음의 완벽한 결합, 터져 나온 제 웃음으로 인해 죽는 인간들을 생산하기 위해서다. 그렇다면 우리는 '노란 구름'에 상응하는 '노란 버섯'이 죽음을 웃음과 결합시키는 장치라는 해석을 제출할 수 있다.

> 나의 낮에는 노란 구름이 지나가고 나의 밤에는 노란 버섯이 자란다. 그 반대일 때도 있고. 암, 그렇지. 이런 말투는 어디서 배웠을까. 배운 대로 써 먹는 것이 나의 유일한 긍지. 눈치챘겠지만 이것은 누군가의 대사이다. 나의 말이 아니란 뜻이다. 그렇다면 나의 말은 무엇일까. 과연 나의 말이라는 것이 가능한가. (p. 129)

노란 버섯과 밤의 결합은 검버섯을 산출한다. 검버섯, 죽음의 버섯. 노란 구름과 노란 버섯의 병립은 웃음의 죽음이 아니라 웃음과 죽음의 상호공속Korrelation을 의미한다. 이 과제를 위해 벌거벗은 언어의 육체는 누군가의 대사를 훔친다. 그러나 여기서 '누군가'라는 3인칭 대명사를 '나'라는 1인칭으로 바꾼다 해도 달라지는 것은 없다. 모든 '(이)곳'에서 모든 '나'는 그저 모든 '누군가'일 뿐이다. 그러므로 '누군가의 대사'든 나의 대사든 마찬가지다. 아주 살짝 비트는 것만으로 저작권을 무효로 만들 수 있다는 점에서 언어는 소유권의 대척점에 있다. 무수한 저자들이 무한한 소유권을 주장한다 해도 언어는 남을 것이다. 소유될 수 없고, 소유하고 싶지 않으며, 무엇보다 소유해서는 안 되는 언어, 가령 인간들을 웃다 죽게 만드는 이름, 마라롱. 그러나 마라롱은 어떤 방법으로 인간들을 웃다 죽게 만들 것인가? 왜냐하면 인간들이 죽음 앞에서 크게 웃음 짓는 세상에서 웃음으로 인간들을 죽게 만드는 것은 불가능 그 자체이기 때문이다. 그렇다면 그에게는 어떤 묘책이 있을까? 그런 것은 없다. 마라롱은 다만 그 불가능에 탐닉할 뿐이다. 절망적인 탐닉을 부르는 이 불가능 때문에 김태용의 글쓰기는 음악 이전 혹은 직전에 돌입한다. 그의 글쓰기가 리듬과 연상의 복잡계를 한계 영역으로까지 밀고 가는 것은 이 때문이다. 남아 있는 언어로 그는 그저 쓰는 대신 차라리 미친 광대처럼 노래한다. 노래라고 부를 수 없는 것을 노래라고 우기며, 우기는 것까지 노래로 만들며, 그렇게 노래를 부른다. 노래를, 노랫말을, 노래와 말을 쓴다. 노래로 쓴다. 노래를 써먹는다, 배운 대로.

노래를 부르기 전에는 가능한 것만 찾아 헤맸지만 노래를 부르기 시작하고 나서는 가능이 불가능하다고 믿으며 불가능한 것에 탐닉하게 되었다. 나의 탐닉. 나의 즐거움. 말은 불가능하고 노래를 부를수록 발가벗겨진다. 불가능의 으뜸은 말이다. (p. 129)

그러나 그 스스로 이미 잘 알고 있다. 제 노래가 사실은 '발등에 새겨진 바퀴자국' 따위와 전혀 다르지 않다는 사실을. 왜냐하면 그의 노래는 들을 수 없고 다만 기적의 표식처럼 불행의 징조처럼 읽을 수만 있는 것이기 때문이다. 게다가 이 경우 읽는다는 것은 거의 절망적인 행위다. 벌거숭이는 실토한다. "발등에 새겨진 바퀴자국은 읽을 수 없는, 읽을 수 있어도 읽고 나면 읽을 수 없는 것과 다를 바가 없구나(pp. 46~47)." 그러나 읽기 전에는 '읽고 나면'의 시간을 가늠할 수 없다. 그렇지만 읽고 나면 읽기 전으로 돌아갈 수도 없다. 독서의 전후에는 뛰어넘을 수 없는 깊은 심연이 존재한다. 이것은 독서가 길거나 깊은 것과는 전혀 상관없는 일이다. 독서는 심연이다. 책장을 펼치는 것은 저 심연의 아가리를 스스로 여는 것과 다를 바 없는 일이다. 이와 관련하여 벌거숭이 산문가가 발휘하는 기지는 참으로 경탄스러운 것이다. 즉 그는 읽을 수 없을 것 같은 '읽기 전'의 순간과 읽을 수 없었지만 읽어버린 '읽고 나면'의 순간 사이에 존재하는 틈을 '쯤'으로 바꿔치기한다. 아니, 틈을 쯤으로 메워버렸다고 해야 옳을지도 모르겠다. 읽을 수 없겠지만, 한 번쯤은 읽을 수도 있지 않겠는가. 읽고 나면 어쩔 수 없겠지만, 한 번쯤은 그래도 괜찮지 않겠는가. 이것은 불가능한 유혹, 아니 단 한 번만 가능한 유혹이다.

> 나의 연약하고 마른, 사유와 몽유의 각질로 뒤덮인 발의 치수를 가늠해보아라. 그리고 고개를 숙여 당신의 발을 쳐다보아라. 공간에 지배당하고 공간을 지배하는 탈시간의 걸음을 떠올려보아라. 한 번쯤은. 아니 한 번이 영원이 될 수 있도록. 한 번도 그런 적이 없으니 단 한 번이면 충분하다. (p. 110)

어째서 한 번이면 충분한 것인가? 왜냐하면 당신의 발아래는 언제(까지)나 '(이)곳'이기 때문이다. 그곳은 혹한의 날씨에 입김으로만 쓸 수 있는 투명한 유리 창가 쪽으로 기울어진 무대이기 때문이다. '이곳'에서 웃음과 죽음의 결합은 오직 단 한 번만 가능하며, 단 한 번 외에 다른 가능성은 없기 때문이다. 따라서 남아 있는 언어를 읽는 것은 존재 전부를 거는 모험이다. 그러므로 또한 『벌거숭이들』은 유언주의자가 단 한 번만 펼칠 수 있는 공연이다. 오로지 웃다 죽기를 각오하고 느닷없이 읽기에 나선 독자-관객 앞에서만. 물론 이것은 전혀 불가능한 공연일까? 그러나 어쩌면 저 유언주의자에게라면 한 번쯤은 가능하지 않을까? 마치 영원처럼? 알 수없다. 그러나

나는 이 사내를 어리석은 자라고 생각하지 않는다.